邂逅 螺旋の騎士

新・護樹騎士団物語Ⅲ

夏見正隆
Natsumi Masataka

JN179161

文芸社文庫

目次

チチェン・イッツァ・クワラスラミ公爵
（推定1400歳）
次元回廊の復活により、ミルソーティアから軍勢を引き連れ飛来した〈青貴族〉。〈青界〉の山賊・中国共産党一味と結託し、〈青界〉全土の再征服に乗り出す。
リンドベル・ギルヴィネット
（15）
ミルソーティア世界の貴族家の一つ、オトワグロ子爵家に女官見習として仕える少女。
護衛艦
〈ひゅうが〉
〈青界〉で最も古い歴史をもつ王国の海軍（海上自衛隊）に所属する飛行母船。聡子の母艦でもある。

新・護樹騎士団物語Ⅲ

登場キャラ紹介

音黒聡子
（26）

〈青界〉で最も古い歴史をもつ王国の軍の士官。飛行機械F35BJの操縦者だったが、数奇な宿命により守護騎エクレールブルーに搭乗し戦うこととなる。

前回までのあらすじ

わたしは音黒聡子《おとぐろさとこ》（26）。二等空尉。航空自衛隊・飛行開発実験団に所属するテスト・パイロットだ。ある日、急にわたしに与えられた任務——それは海自に導入される最新鋭ステルス戦闘機F35BJを駆って洋上の護衛艦〈ひゅうが〉へ赴き、艦上での運用評価試験を行うことだった。ところが〈ひゅうが〉へ着くと、わたしは待ち受けていた黒服の官僚たちからある飛行任務を強要される。それは『中国雲南省の奥地への極秘強行偵察』だった。

霧に包まれる深夜の山岳地帯で、わたしが目にしたもの——それは密林に擱座する巨大な蒼い人型の機体だった。その胸部の操縦席には、どういうことだろう、見た目わたしとそっくりな若い娘が、座ったまま息絶えていた。

人民解放軍によって捕らわれの身となったわたしは、北京へ移送され、さらにあり得ない光景を目にする。異世界から来たとしか思えない空飛ぶ船、黒い人型機動兵器の群れが中国共産党と結託して、今まさに地球全土の征服に乗り出そうとするところだった。

捕らわれていた異世界の貴族家の少女たちを助け出し、蒼い守護騎エクレールブルーを奪取したわたしは、襲ってきたミルソーティア貴族のデシャンタル卿が操るゴキブリ型守護騎アグゾロトルをからくも撃破する。しかしわたしは、十一人の少女たちをコマンドモジュールに乗せたまま、要塞化した北京から脱出しなければならなかった。

第Ⅰ章　北京脱出

1

南は、どっちだ。

（――）

こっちか。

わたしは右手に統制桿、左手に推力桿を握った姿勢で、背後を振り向いた。

球形のコマンドモジュールは（どういうシステムなのか）、内壁が透けるように全周を見渡せる。まるで自分が、宙空に突き出た椅子に座っているかのようだ。

しかし

「姫様？」

振り返ったので、タンデム型複座の後席に座る少女と、眼が合う。

そうだ。

ここは宙に浮いた座席ではない。

その時。

わたしは、守護騎エクレールブルーの胸部コマンドモジュールの操縦席にいた。

この場所から、どうやって脱出する――？　その手段を考えていた。

爆風が、周囲をなぎ払ったばかりだ。茶色い砂塵のような煙――あの黒いゴキブリに似たアグゾロトルがすぐ頭上の宙で爆散した煙――が視界を遮っていたが、急速に拡散し薄れていく。

代わりに周囲の空間は、白い靄《もや》に再び覆われる。

この都市自体が、濃密な大気汚染のスモッグの底だ（ＰＭ２・５、とか言ったか）。

「姫様」

後席（このコマンドモジュールには二名の乗員が前後に座る形の操縦席がある）から、わたしを見返したのは黒髪の少女だ。長い髪を後ろでまとめ、白い木綿の服、縁なしの眼鏡。瞳はブルー。

リンドベルという名の少女。

どこの世界からやって来たのか。このわたしを、なぜか彼女の仕える貴族家の『姫』だと思い込んでいる。

そうだ。

わたしは思った。

ここ数日の数奇な出来事――

中国ほど大陸奥地への偵察飛行を命じられ、洋上の母艦〈ひゅうが〉を密かに発艦した。

三日前の深夜だ。

しかし、わたしの搭乗するＦ35ＢＪは、雲南省の山中、石柱の立ち並ぶ森の只中に突っ込んで……。

それ以後、わたしの身に降りかかった一連の出来事は夢であったとしか思えない。

夢――悪夢か。

（いや）

夢なんかじゃ……。


わたしは、音黒聡子《おとぐろさとこ》。

防大出身、二十六歳。二等空尉。航空自衛隊の飛行開発実験団に所属して、自衛隊の保有するあらゆる航空機の試験に携わっている（いや『いた』と言うべきか）。

内閣府の主導で、中国大陸奥地を極秘に偵察するというミッションが立案された。その行為が、わが国の法制度――例のあの平和憲法に抵触しないのかどうなのか、それ専門の学者でないわたしには判定すべくもない。

そして、なぜそのミッションの実施者にわたしが『指名』されたのか。

〈ひゅうが〉の島本艦長は「独身だからだろう」と推測を口にされた。

独り者――

付け加えれば独身の上に、天涯孤独《てんがいこどく》だ。

肉親は皆、死の世界という異世界へ数年前にさらわれて行った。家族・親族でいま生き残っているのは、それが起きた時にたまたま東京都内の私立高校の寮にいた、このわたし一人だ。進路に防衛大学校を志望したのも、学費なしで給料をもらって大学教育が受けられるのが、そこしかなかったからだ。空自へ進んで戦闘機パイロットになったのは――

あぁ、弟のことを思い出すのは、この際、やめておこう。

今は。この大気汚染の霧の底の戦場――天安門広場から、脱出することを考えなくては。南シナ海にいるはずの〈ひゅうが〉へ戻らなくては。

この子たちを連れてだ。

「姫様」

「姫様っ」

興奮したような、悲鳴のような声が足下――コマンドモジュールの球の底の方から沸き上がった。直径二メートル半、ガラスの球のようなコマンドモジュールには操縦席の下側にも空間があり、小さい娘たち――オトワグロ家の家職のメイドたち――を乗せてやることができた。下にいる子たちには外の情況などよくわからない。すさまじい空中機動の後で、至近距離で爆発が起きたとしか……。

「勝ったのですか⁉」

「今の、爆発したのは」

「そうよ」

わたしは動揺する女の子たちを鎮めるように、強い声で言った。

「アグゾロトルは、倒した。撃破した」


そうだ。

目の前に見えているものは現実。

つい十数秒前、宙空へ跳び上がって輝く長剣を振りかざし、頭上からわたしに斬りかかろうとしたゴキブリ頭の守護騎アグゾロトル。

戦闘機パイロットとしての、これまでの『修行』が一瞬で勝敗を分けた。積年の勘が「そこだ」と命じた宙の一か所へ向け放った二〇ミリ電磁砲が、出会いがしらに黒光りする巨体を貫き、爆散させた。

たった今の戦闘は、夢などでは――

『デシャンタル卿』

ふいに天井から声。

しわがれた老婆のような、かすれた声だ。

『デシャンタル男爵、いかがなされた⁉』

「――」

わたしは我に返る。

この声は。

あの顔を半分隠した、老婆のような医官か。

真貴族《しんきぞく》の家では、医官の地位が高いのだと言う。秘伝の人体改造技術を駆使し、主人の生命を維持するから、らしい。

「――情況が摑めていないわ。奴ら」

思わず、つぶやいた。

デシャンタル男爵――あの半獣人。ゴキブリ頭の守護騎を操っていた男。

自らを『准《じゅん》真貴族』だと称した。半獣人の姿は、普通の人間から、あの鬼――わたしがさっき舞台の上で相まみえた白面の鬼（クワラスラミ卿と呼ばれていたか）のような存在へ、変化《へんげ》する過程にあったのか。

コマンドモジュールの右横を見やる。

側方視界を占めるのは、灰色の石造りの壁。

それは長さ一キロにも達する、大規模な石造り建築——中国国家博物館の外壁だ。

天安門広場に立つ、この巨大な建築物が取り囲む長方形の中庭から、わたしの駆るエクレールブルーとゴキブリ頭のアグゾロトルは絡み合ったまま跳躍、外の空間へ跳び出した。宙で蹴り合って反発し、広大な石畳の広場へ着地するなり、互いに間合い二〇〇メートルで再び対峙した。間髪をいれずゴキブリ頭は剣を構え、襲いかかって来た。

半獣人は使い手であったらしい。そしてあの中庭から、博物館の外側の広場を直接見ることもおそらくできない。老婆の次席医官は、たった今の爆発を、わたしのエクレールブルーがやられたのだと思ったか。

しかし、当の男爵が勝ち名乗りもせず、通信回線で何も言葉を発しない（一瞬で爆散したのだから当然だ）から、不審に思ったのだろう。

「やられたのは、わたしだと思い込んでる」

「今のうちだ」

するとわたしの左肩の横から、別の声が言う。

冷静な、猫の声。

「離脱するがよい、騎士よ」

「飛び方は」

わたしは、人語を操る猫――小柄な黒猫だ――を振り向いて訊いた。

「飛ぶには、どうするの」

この機体――守護騎は飛べる。

三日前の晩、出発前に〈ひゅうが〉のＣＩＣで記録映像を見せられた。衛星から撮影した赤外線画像。まるで背に羽をもつ妖精《フェアリ》が、森林を背景に舞うような――

「操縦系を飛行モードにする」

猫は応え、小さな顎で操縦席の右サイドを指した。

「そのレバーだ」

「――」

目に飛び込んできたのは、統制桿の根本の横から突き出ている短い黄色のレバー。

球形のコマンドモジュールの中心へ突き出すこの操縦席を、左右から弓形のコンソールが挟むように囲んでいる。

右サイドのコンソールから突き出ているのは、わたしが右手で握っている統制桿。

そして左コンソールから突き出ているのは、前後に動く形式の出力調整用の推力桿（スロットルのようなもの）。

その他にも、何に使うのか用途の分からない大小さまざまのレバー、スイッチ類が無数にある。

猫の指した黄色い握りのレバーは、短く、前後に2ポジションのノッチがある。今、レバーは手前の位置に入れられ、ノッチには剣を持って立つ人型の模様が彫られている。

「これ？」

「動作モードの切替レバーだ。それを前方へ押せ」

猫――自らを何と名乗ったか――の言葉に従い、わたしは右手を統制桿から離し、短い黄色のレバーを摑む。

前方のノッチには、翼を背に広げて飛ぶ人型の模様が彫られている。

「それで機体は〈飛行バランスモード〉になる」

『デシャンタル卿、デシャンタル卿、応答されよ』

「――わかった」

わたしは右手で、黄色いレバーを一度引き上げるようにすると、ノッチを乗り越えて前方の位置へ入れた。

途端に
がしゃんっ

自動シークエンスで右マニピュレータが頭上へ動き、手にしていた光る長剣を背中へ収める。

続いて

ピッ

〈安定翼　未展張〉

コマンドモジュールの前方視界——ガラス球のような操縦席を囲う全周モニターの表面に、黄色い文字が浮かび出て明滅した。

ほぼ、フランス語。空自の研修で渡仏した経験があるわたしには、何とか読める。

「これ、どういう意味」

「安定翼を開け。左のレバーだ」

（……？）

安定翼……？

これか。

わたしは、左コンソールのスロットル——いや推力桿の横から生えている、短い赤い握りのレバーを見つけて掴んだ。握りに翼の模様が彫り込んである。

レバーを引いた。

途端に
ばさっ
背中で機構が働く気配がして、何かが自動シークエンスで展張した。
ピピッ
〈安定翼　展張〉
黄色の文字が青に変わり、二秒ほど明滅すると消える。
「これで推力を出せば、浮揚する」
猫は促した。
「敵が混乱しているうち、機を逃さず脱するのが賢いやり方だ」

上から教えるような、言い回し。
しかも猫だぞ……？
でも「あんた何者」と会話している暇はない。
ここは北京の天安門広場だ。
さっき靄の中に、十数両の戦車を見た（もっといるかも知れない）。
敵地の只中だ。あの老婆のような医官が情況を把握すれば――
「飛ぶわ」

わたしはまた大声で、コマンドモジュールに乗せた十一人の少女たちに告げた。

「そこらに、つかまって」

言いながら、左手で握った推力桿を前へ。

探るように、一センチ。

ウォン
途端に足下で、機関が反応して唸りを上げる。

ふわっ
下向きのGがかかる。

「——う」

白い靄の充満する外景が、下向きに瞬間的に動く——いやわたしの座る操縦席が瞬間的に浮揚したのだ。一瞬で、およそ一〇〇フィート。

ぐらっ
「うわ」

人型の機体が、ふらつく。

とっさに右手の統制桿を摑み、両足のペダルを均等に踏み込む。本能的にそうした。

ふらつく外景が、止まる――いやこのエクレールブルーの機体のふらつきが止む。

浮揚する力と、機体重量が釣り合ったか。

地上一〇〇フィートの高さで、宙に浮いて止まる。

（よし、水平線）

飛ぶのだ。

いつもの、わたしの本来の仕事だ。乗っている機体がいつもと違い、人型の兵器だが、機体の姿勢と飛行方向を把握するのに水平線を基準にするのは変わらないはず。

「水平線の両端さえ、目で掴めていれば」

自分に言い聞かせるようにし、白い濃密な靄の左右の端を、目の左右の端で掴むようにする。

同じだ。

この見え方はF35と同じ――

「――よし」

南はどっちだ。

「南はっ」

「方位環を見ればよい」

猫はアドバイスする。

方位環……？

見ると、目の前——球形の視界を取り巻くように、細い横線が浮かんでいる。〈飛行モード〉にしたから、表示されたのか。あるいはさっきまで操縦に夢中で手一杯で、これの存在に気づかなかったか——横線には、細かい目盛りが刻まれており、数字らしきものが並ぶ。並ぶ数字の列の上に一か所、〈N〉の文字。

これは、Ｎｏｒｄ——仏語で北。ならば……

南は、後ろか。

わたしは振り向く。

またリンドベルと目が合う。その目が『大丈夫ですか』とわたしに問う。

黒髪の少女は、家職の女の子たちのリーダー格だ。だからわたしは彼女を後席に座らせた。

悲鳴を上げることもなく、複座の後席に座っている。でも白い両手でシートの肘掛けを握り締めている。その手は、握る力でさらに白くなっている。

わたしと猫とのやり取りを、息を詰めるようにして見ていたのか。

「——大丈夫」

わたしは少女へうなずいた。

リンドベルの縁なし眼鏡の下の蒼い目。その顔の向こうに、球を取り囲む横線が浮いている。方位環というだけあって、このガラス球を輪のように取り巻いて浮かんでいる。

東西南北の概念は、この守護騎を製造した世界――ミルソーティアと呼ぶらしい――でも同じなのか。リンドベルの顔のちょうど左横に位置に、〈Ｓ〉という表示。

Ｓｕｄ――南。

中国大陸の南へ飛べば、海へ出られる。

母艦〈ひゅうが〉も、そのどこかに――

「向きを変える。つかまれ」

「はい、姫様」

わたしは後方を振り向いたまま、右の手首で統制桿をこじる。右へ。

ぐんっ

途端に機体は反応し、全周視界が左向きに、吹っ飛ぶように流れた。

横Ｇ。

その場で宙に浮いたまま機体が向きを変える――

外から眺める者がいたとすれば。天安門広場の石畳の直上三〇メートルの高さに浮いた人型の機体が、宙で瞬間的に振り返る様に、息を呑んだだろう。

「――くっ」

〈S〉の文字が目の前に来る直前、統制桿を再度こじり、中立へ戻す。

ぴたり、と視界は止まる。

(凄い。F35より反応いい……)

これは。

この動き――ホヴァリングさせたF35BJの空中回頭より、遥かに鋭いじゃないか。

宙に浮いたままの一八〇度ターンは、一瞬だった。いったいこいつを宙に浮かせて運動させせている機関は――

だが

『――アヌーク姫⁉』

天井からの声は、わたしの素直な驚きを打ち消した。

あの老婆の声。

『アヌーク姫、そなた、まさかっ』

「ばれた」

わたしは心の中で舌打ちする。

一〇〇フィートも宙に浮き上がって、止まったままで向きを変えたりした。

エクレールブルーの姿は、あの中庭からでも丸見えになったのだ。

爆散したのはアグゾロトルの方であったことが、ばれた――

「逃げるぞ」

2

『アヌーク姫、おのれっ』

老婆のような医官――実際、年齢などわからない妖怪のような女だ――の罵声が天井スピーカーから降って来た。

ほとんど同時に、見下ろす全周モニターの視界のあちこちで赤い閃光がひらめく。

（……⁉）

何だ。

途端に足下の四方から、白い靄を貫いて赤い『光の棒』が何本も差し込むと、コマンドモジュールの内壁をでたらめなパターンで嘗め回す。

こ、これは――

「気をつけろ」

わたしの左横で猫の声が告げる。

「〈青界〉の地上戦闘車両だ、奴らは火砲の照準に赤い収束光を――」

言い終わらぬうち
ブンッ
何かが、コマンドモジュールのすぐ左横――この人型機体の左肩の真横を擦過《さっか》した。

同時に
がんっ
横ざまに、突き飛ばされるような衝撃。視野全体が右横へ瞬間的にずれた。

「うっ」

衝撃波……!?

くぐもったドゴンッ、という破裂音は後からやってきた。これは。

砲声か。

まさか。

「せ」

戦車砲……!?

ブンッ
ブブンッ
冗談じゃないっ……！

とっさに右手の統制桿を、外側へ――右へこじった。

四方から戦車砲に狙われている。

あの老婆が、広場に展開する人民解放軍の戦車部隊へ発砲を命じたのか。あるいは、戦車群は『青い守護騎が黒いゴキブリ型守護騎に勝った場合には砲撃して破壊しろ』とでも命じられていたか――⁉

視界全体が瞬間的に横へずれ、同時にたった今この機体がいた空間の一点を、何か疾《はや》い物が四方から跳んできて交差するように通過した。

どしぃんっ
「きゃぁあっ」

「きゃっ」

操縦席の下側から、悲鳴。

何が起きているのか、下の子たちにはわからないだろう、しかし複数の戦車砲弾が至近距離を擦過する衝撃波はまるで巨大な棍棒で機体ごと横殴りにされるショックだ。

「――直撃は、してないっ」

わたしは叫んだ。

自分に言い聞かせるように叫んだ。いくらレーザー照準だって――そうだ、赤い光の棒は照準用レーザーだ――一〇〇フィートの高さに浮いた空中目標に砲弾を命中させるのは容易でない。まして動いていれば。

「つかまれ、飛ぶぞ」

叫びながら、わたしは右手の統制桿を前方へ押しつつ同時に左手の推力桿を前へ出した。今度は三センチ――

ウォンッ
足の下で機関が唸り、反応した――そう感じた瞬間、加速Gが背中をシートに押しつけ、視界前方から白い水蒸気がうわっ、と顔に迫る。

ぶぉおっ
「――ぜ」

前進してる……!?

白い靄をかき分けるように、前進している。

この速度――感覚ではヘリコプターより速い。F35BJを、最初の運用試験で中間ホヴァリング状態で前進させた時のような……。

ただし前が全然見えない――

吹きつける白い靄の奥から、ふいに黒い壁のようなものが現われ、目の前に迫った。

「うっ」

とっさに統制桿を手首で手前へこじり、推力桿を戻した。

反射的に、そうした。

わたしは機体に前進を止めさせ、宙に止めるつもりだったが――

ぐんっ

急激に下向きのGがかかると、前方視界が猛烈な勢いで下向きに流れた。

(な)

何だ……!?

上昇する感覚。目の前で黒い壁が猛烈に下向きに流れ、途切れると、屹立する棒のような物が何本も目の前に迫り、あっという間に棒と棒の隙間をすり抜けた。

Gが抜け、ふわっ、と宙に浮く感覚。

「飛行推力を出せ」

横で猫が言う。

「建物は飛び越したが、今度は落下するぞ」

「……えっ」

わたしは、操作感覚が摑めていなかった。

この機体を地上で歩かせる時は、統制桿を押せば『前進』、引けば『後退』だった。

しかし操縦系を〈飛行バランスモード〉に切り替えたら――

これは。

(今、わたしがした操作は『機首上げ』だったか……⁉)

身体が、シートから浮く。

ふわっ

白い靄しか見えない前方視界が、今度は猛烈に上向きに流れ始めた。

機体が沈む――

いやおちる、落下する。

「きゃぁああっ」

「きゃぁっ」

足の下から少女たちの悲鳴(つかまれ、とは言ったけれど、つかまるところなんてあるわけがない)。

ぶぉっ

音を立てて視界全体が上向きに吹っ飛ぶ。

白い靄が、猛烈な勢いで下から上へ――

「くっ」


飛行推力。

落下を止めなくては。推力桿だ。前へ出す。

同時に統制桿を手前へこじっていた力を抜く。

今、わたしは機首を思い切り上げ、同時に推力をアイドルにしたのだ――飛行機で言えば機首上げをして推力を絞り、わざと失速に入れたのと同じことになる。機首を天に向けて急激に上昇するが、次の瞬間には（推力が無いのだから）その姿勢のまま真下へおちて行く。

回復させなくては。

（でも急激にやるな、デパーチャーする）

とっさに頭をよぎったのは、わけが分からなくなったからといって、空中で乱暴な逆操作をすると機体が暴れ出し、操縦不能になるかもしれない――という思いだ。航空自衛隊テストパイロットとしての職業的な〈勘〉だ。

デパーチャー、とは戦闘機が空中で発散運動に陥り、制御不能状態になることを指す。テストパイロットは、機体をデパーチャーさせてはいけない。

「――」

わたしは息を殺し、左手の推力桿を滑らかに前方へ出す。

ウォオオッ、と足下で機関（どういう機関なのかわからないが）が唸り出す。機体に、落下を止める力が加わり出す。暴れぬよう、両目で視野の左右の端を掴みながら、ゆっくりと推力桿を出す。

ウォオンッ

ぴたり
「見事だ」

前方視界で白い流れが止まるのと、視野の下側から黒い大地がせりあがって来て止まるのは、ほとんど同時だった。

（う――）

わたしは推力桿を本能的に少し戻し、宙に浮いた高さを保つ。

落下は、止めた……。

ここは。

広い街路の上にいる。

宙に浮いている。目測で、道路の路面の数メートル上。

視野の左右に、枯れて朽ちた並木のようなものがずらりと、白い靄の奥へ続いている。美術で言う遠近法のような視界（靄の奥は見えないが）。路上駐車の車の列が並木に沿って、視野の奥へ並んでいる。

北京の、中心街のどこかだ。たった今、高層ビルを一つ跳び越したのだ。ぶつかる直前に急上昇し、屋上のアンテナ群の隙間をすり抜け、跳び下りてきた――

「――はぁっ、はぁっ」

思わず、肩で息をする。

地面すれすれで、宙に浮いて止まっている。

推力の出し方がほんの少し足りなければ、脚から地面へめり込んでいた……

「守護騎の制御を、呑み込んできたな」

猫がうなずく。

「わたしは十七代の〈螺旋の騎士〉に仕えたが、君は筋がいい」

「と――とにかく南へ行く」

猫に褒《ほ》められて（今のは褒めたつもりなんだろう。多分）、喜んでいる暇はない。

「高度は取れない、レーダーに引っかからないように」

自分に言い聞かせるようにつぶやき、左手の推力桿を再び前へ。

同時に統制桿も少し前へ出す。手首でこじる動きが、機首の上げ下げをコントロールし、前後の動きが飛行方向を決めるのか……。

（フライバイワイヤのサイドスティックよりも、ひょっとしたらセンシティブだ。F35のサイドスティックと似た感じ――いや）

どういうシステム――いやメカニズムか。

わたしの手の動きに呼応し、前方視界が再び手前へ流れて来る。

地面すれすれを前進。対地速度は五〇ノットくらい。

ヘリコプターのように宙を進む。視界は二〇〇メートルくらい前方は見えるが……。

見回しても、広い街路に人影は無い――左右に並ぶ路上駐車の車列は、乗り捨てられているのか……？

急ぎたいが、スピードを出せば、さっきみたいに建物にぶつかる。ビルよりも高く飛べば防空レーダーに探知されるだろう。とりあえず市街地を出るところまで、このまま行くしかない――

しかし。

操縦しながら、思った。

こんな人型機動兵器を、戦闘機とほぼ同じ制御方法で地上を歩かせ、空中も飛ばす。

（いったい、どんな技術……）

あの男――ジェリー下瀬《しもせ》にこいつを見せたら、どんな顔を……。

そう考えた瞬間。

（――う⁉）

わたしは目を見開く。

遠近法のような前方視界。その奥の両サイドから、ふいに何かがフワッ、フワッと跳び出して来た。

二つ。

丸っこいシルエット。

あれは。

同時に
ピッ
兵装選択は、さっきアグゾロトルと戦う時に〈CANON〉にしたままだった。空中目標を識別したのか（この機体には射撃管制レーダーがある――？）、また目の前に、緑色の二重円環が現われ、前方に二つ現われた丸っこいシルエットの左側の一つに重なると、互いに逆回転して焦点を絞り込むように縮まった。

ピピッ
〈ＬＯＣＫ〉

同時に前方の二つの丸っこいシルエットからも赤い閃光がひらめき、わたしの目を射るかのように『赤い光の棒』が押し寄せる。

「――くっ」

あれらは。

ミル24だ。

見覚えあるシルエット。

人民解放軍の大型戦闘ヘリ――ミル24が二機、市街地のビルの陰に隠れ、ホヴァリングしながら待ち伏せていた……⁉

いや。今、おそらくここ天安門広場周辺は『要塞化』されている。大気汚染で観光客が来なくなったのと時期を同じくし、中国共産党はこの辺りを要塞にしたのだ。人通りのない街路、あの博物館――この辺りはすべて、異世界の勢力と連合するための拠点にされた。さっき見た多数の戦車も、目の前の戦闘ヘリも、おそらくそこらじゅうにうようよいる。

どうやって、ここから脱出する……⁉　いや脱出出来る――？

その考えが一瞬、脳裏にひらめくが
パッ
白い煙が散り、二機のミル24の短い翼下から何か速い物が撃ち出された。二つ――いや四つ。

こっちへ来る。

(電磁砲を――いや、回避だ)

対戦車ミサイルか。

とっさにわたしは左手の推力桿を前へ出す。二センチ。同時に右手首で統制桿を手前へこじる。

ブンッ
前方視界が下向きに吹っ飛び、目の前は白い空気の流れだけになる――右手で統制桿をわずかに前へ。

「跳び越せ」

続いて推力桿をシャキッ、と手前へ絞ってアイドルにしながら操縦席の真下を見る。

F35のヘルメットマウント・ディスプレーとほとんど同じ視界で、機体の『真下』の様子が見える（特殊ヘルメット無しで機体の真下が見えるのは、やはり凄い）。

ぶぉおおっ、と風切り音を上げ、エクレールブルーの人型の機体は放物線を描き、二機のミル24のちょうど真上をすれすれに跳び越す。白い噴射炎の筋を曳き、わたしの股の下から四発の小型ミサイルが急上昇して追って来ようとするが――

次の瞬間、跳び越した直後のヘリ二機が、ほとんど同時に宙でもんどりうつと、ひっくり返り、互いにメインローターを合わせるようにして空中衝突した。

大爆発を背に、着地。

両脚が着く。同時に自動的に統制稈の横の黄色いレバーがカチン、と手前へ戻り、機体の両膝が屈曲して着地の衝撃を吸収する。

ドシュウンッ

コマンドモジュール全体がぐぅぅうんっ、と沈み込んで目の前に地面が迫る。額がコンクリートの路面に当たる――と感じた瞬間、沈み込みは止まる。ハーネスは肩に食いこみ、後席でリンドベルが「きゃっ」と小さく悲鳴。

背中でオレンジ色の火球が膨れ上がり、衝撃波でコマンドモジュールは激しく揺れた。操縦席の真下でメイドの子たちが声にならぬ悲鳴（爆発音で悲鳴も聞こえない）。

「や、やったかっ」

「騎士よ、今、何をした」

「対戦車ミサイルは有線なのよ」

わたしは振り返り、肩で息をしながら幅広（片側四車線くらいある）の街路の中央で爆炎に包まれる残骸を見やった。

猫に説明してやっている暇はないが――

前に、飛行開発実験団でＡＨ１コブラ戦闘ヘリの新型照準サイトの運用試験をした。まだヘリの資格を持っていなかったわたしは前席に座らされ、射手の役をさせられ、実弾のＴＯＷミサイルをぶっ放した。高級品のヘルファイアは別として、ヘリの搭載する対戦車ミサイルは基本、有線誘導だ。レーザーの赤い光点が当たっている場所へ向かうよう、射手はサイトを覗きながら手動でミサイルを『操縦』する。普通、標的となる戦車は地面に張り付いていて、真上へ跳躍したりはしない。ミル24の射手は二名とも、思わずつられて上方へ跳躍するエクレールブルーを追いかけようとして、自分たちの機のメインローターにミサイルの誘導索を絡ませてしまった。

「なるほど」

猫は理解したのか、後足で顎の下をカリカリと掻いた。

「では〈飛行モード〉へ戻せ。さっさと離脱するがよい」

「そうもいかないわ」

わたしは向き直ると、顎で頭上を指した。

「見て」

言うのと同時に。

やはり来た。頭上の空間――立ち並ぶビルの屋上すれすれの高さを、真っ白い航跡を曳いて何か疾い物がシュッ、シュと斜めに通過した。

（やはりSAM《サム》か）

今、機体を跳躍させた時、街路の両脇に立ち並ぶビルの上にエクレールブルーの姿が覗いたのだ。

おそらく、天安門周辺のあちこちのビルの屋上に、SAM（地対空ミサイル）の陣地が多数展開している。要塞区域への外敵の侵入を阻むためだ。そこいらじゅうの屋上から、可搬式射撃管制レーダーでビルの頭上を嘗め回している。

「わたしたちを撃墜するよう、命令が出されてる。ビルの上に姿をさらしたら、SAMの的になる」

「サムとは追尾流星のことか？」

「ビルよりも低いところは狙えない。けれど姿をさらせば的にされる。何十発も集中していっぺんに食らったら、この機体だってどうな――あっ」

ピッ

また警告音がした。

3

ピピッ

警告音……⁉

（う）

上だ。

額の上に気配——視野の右上か。

「——⁉」

頭上を振り仰ぐのと、立ち並ぶビル頂上をかすめ、白い靄を突き抜けるようにして灰色の物体が姿を現わすのは同時だった。

ボトボトボトッ

敏捷な影。

丸っこいシルエットだが——さっきとは違う。少しスマートだ。振り子のように機体を揺らし急降下、右手のビルの上から襲い掛かってくる。

（新型か……⁉）

敏捷だ。出現した飛行物体を『よく見よう』と思うと、前方視界がぐうっ、と左向きに流れ、迫りくる物体が正面に。意識せずとも、統制桿を握る右手に微妙に力が加わって、この人型の機体を振り仰がせたか。

ピピッ

〈LOCK〉

再び緑の二重円環が現われ、迫りくるシルエットに重なる。焦点を絞る。同時に向こうからも赤い光の棒が、わたしの眉間《みけん》を貫くように射し込む。

「――くっ」

考える暇はない。

電磁砲。

反射的に右の親指で統制桿の先端を弾き、トリガーボタンを露出させると、わたしは額の上に迫るシルエット（戦闘ヘリ――新型のWZ10か）から目を離さずに押し込んだ。

ヴォッ

左肩の上で、露出している電磁砲が作動した。振動とともに真紅の光弾がほとばしり、間合い一〇〇メートルで宙の戦闘ヘリを貫く。同時に灰色の機体からもパパッ、と白い噴射炎を曳いて二つの物体が跳び出す。

灰色の戦闘ヘリが目の前で火球になるのと、わたしの操縦席の左右を二発の対戦車ミサイルがすれ違うように擦過するのはほとんど同時だ。

目の前で爆発。続いて背後でも爆発（ミサイル二発が道路をえぐったか）。

衝撃。

「うっく」

ドドドガッ

前方と背後から爆発の衝撃波を食らい、コマンドモジュールはもみくちゃにされた。

きゃぁああっ、と少女たちの悲鳴。

くそっ……。

ピピッ

ピピピッ

（……⁉）

背後からも警告音。

何だ。

振り返ると、背後の頭上の白い靄を突き破るように、同じ灰色のシルエットが急降下で現われる。二つ。

「くっ」

反射的に、統制桿を右へこじる。

ぐるっ
視野が左向きに、吹っ飛ぶように流れ、横Gで操縦席から左側へ放り出されそうになる。ハーネスが肩に食い込む。

「きゃあっ」

後席でリンドベルの悲鳴。

わたしは振り向いたまま、襲い来る二つのシルエットから目は離さない。

視野の中で、眼鏡の少女の黒髪が散る。

「しっかりつかまってろっ」

右手にかけた力に、呼応したのか。

エクレールブルーの機体は瞬時に振り向いた。

凄い、この運動性、人間の動きと変わらない――

頭の隅で、ちらと思いながら正面へ向き直る。機体の振り向いた真ん前、頭上から二機の戦闘ヘリが団子になって来る。赤い光の棒が二本、わたしの眉間に当たる。

「――ちぃっ」

眩しいじゃないか、この野郎……！

統制桿を、脇を締めるように引く。下向きGが一瞬かかり、機体が上半身を反らしたのか視野全体がぐっ、と下がって二つの灰色の機影がわたしの真正面に。

ピッ
緑の円環が、先頭の一機に重なる。焦点が絞り込まれる。

〈ＬＯＣＫ〉

同時に戦闘ヘリ——やはりこいつは中国の新型ＷＺ10だ——の短い翼下からパッ、パパッと白い噴射炎。

「くそ」

右手の親指でトリガーを押し込む。

電磁砲。


今度は、押すのは一瞬だけにした。

それでも五、六発は出たか。真っ赤な光弾の群れが前方の機影に吸い込まれ、爆発。

もう一機も巻き込まれ爆発。

ヘリから発射された対戦車ミサイルが、ちぎれた誘導索を曳きながらシュルッ、シュッとわたしの頭上を通過し、背後で次々に道路へ着弾する。

爆発。

ドガガガガッ

「うぐわ」

前後から凄じい衝撃に叩かれ、コマンドモジュールは激しく揺さぶられる。

足下から少女たちの悲鳴が上がるが、かき消されて聞こえない。

ピピッ

ピッ

ピピッ

ピッ

「騎士よ。次々に来る」

操縦席の右横で、猫が平然とした声で言う。

「囲まれているぞ。〈飛行モード〉に戻し、飛んで離脱するがよい」

「でも――さっき言ったでしょっ」

わたしは、その時になって操縦系が〈飛行バランスモード〉から陸上で戦うモード――〈陸戦モード〉とでも言うのか――へ戻っているのに気づいた。

そうか。

さっき、黄色いレバーがカチン、と手前へ戻った。

この機体は、着地すると自動的に〈陸戦モード〉へ戻るのか。

「ビルよりも上へ出れば、その途端ＳＡＭを食らうわ」

ＳＡＭとはサーフェス・トゥ・エア・ミサイル——地対空ミサイルのことだ。世界中の戦闘機パイロットは忌むべき存在として『サム』と呼ぶ。

人民解放軍が、天安門広場を取り巻くビル群の屋上にずらりと展開させているとすれば、おそらくミサイルの弾種は短距離用ＨＱ７と中距離用ＨＱ９、ひょっとしたら長距離用のロシア製Ｓ４００まで並べているかもしれない。

さっきビルの屋上をかすめて交差したのは、素早い撃ち方から短距離用ＨＱ７だろう。仏製の〈クロタル〉地対空ミサイルのコピーだ。誘導はレーダーでする。地上の発射器に照準用レーダーが装備され、電波で捉えた空中目標へ向かうよう無線操縦される。

ＨＱ７は射程一〇マイル、ＨＱ９になると五〇マイル以上。ＨＱ９は、ミサイル自体もレーダーを内蔵していて、ロックオンするとどこまでも追いかける。この守護騎の運動性ならば振り切れるかもしれないが、どこから何発が追いかけて来ているのかわからなければ、やりようがない。ロシア製S400になると、二〇〇マイル逃げてもマッハ六で追いかけて来る――

「この機体には、TEWSがあるの⁉」

わたしは右手に統制桿、左手に推力桿を握ったまま、視野の左右に注意を配分した。

ピピッ、ピピッという警告音は前後・左右から響き、うるさいほどだ。

「この音はっ」

「磁場索敵儀の警告音だ」

猫は答える。

「機体の全周囲を索敵し、機械式の飛行物体はたいてい捉えて知らせる。有効範囲は五〇クードだ」

磁場索敵儀――TEWS（脅威表示装置）のようなものか。飛行物体を捉えて知らせてくれるのなら……。

ピピッ

ピピピッ

「くっ」

四方から来る。数は分からない。全部、戦闘ヘリか……？

左右は立ち並ぶビル——切り立った壁だ。左右から来る奴は、ビルの屋上を飛び越して来なければならない。前後から来る奴らは、ビルの隙間の街路から飛び出して襲って来るか……

どちらにしても、この濃密な白い靄の中では、およそ二〇〇メートルに近づくまでお互いが見えない——建物が邪魔になるから、地表付近ではレーダー索敵は出来ない。赤外線スキャナーを使おうとしても、爆発のせいで辺り一面が炎上している。赤外線も役に立たない。靄を突き抜けて間合い二〇〇メートルに迫るまで向こうもわたしも撃てない。

ピピピッ

ピピピッ

(来た)

後ろかっ。

背中に当たる警告音が強い——反射的に脇を締め、統制桿を右へ。強くこじる。

ブンッ

前方視界が吹っ飛ぶように左へ流れ、一瞬、身体が浮く感覚とともに目の前の景色が一変した。

ズシンッ
「くっ」
両脚が着地するショック（この機体は跳び上がって向きを変えたのか？）。
顔をしかめ、目を上げると
ヴォッ
ヴウォオッ
横の街路——ビルの隙間から、横向きに跳び出すように灰色のシルエットが二つ。
「くそ」
わたしはとっさに、右手の統制桿を強く前へ押すと同時に、左手で推力桿の横に生えている短い赤いレバーを摑み、引いた。
ぐんっ、と人型の機体が地を蹴って跳び出すのと、機体の右腕——右マニピュレータが上がって背部バックパックから長い物を引き抜くのは同時だ。
シュラッ
「騎士よ、何をする」
猫は怪訝そうな声を出すが、説明してやっている暇はない。
跳ねるような揺れとともにズン、ズンッと景色が近くなる。機体が駆ける——がれきの散らばる六車線道路の中央を、現われた二つの灰色のシルエットを目がけ、地を蹴って突進する。

二機のヘリは戸惑うように、道路の十メートルほど上でホヴァリングの位置を直すと、そろって機首をこちらへ向け、赤い照準レーザーを向けてくる。一瞬、赤い閃光が目に入る。

「――くっ」

わたしはそれでも前方の機影から目を離さず、統制桿を前へ押して握る右手の人差し指でレバー前面を外向きに撫でた。

指の微妙な操作に呼応し、視野の外側で機体の右腕が、光る長剣を握ったまま外側へスイング。手首を自動的に返し、青白く光る長剣の刃を前方へ向ける――

間合いがたちまち詰まる。

目の前に左右並んでホヴァリングする灰色の二機が、そろって短い翼下でパパッ、と白煙を立てるが、発射されたミサイル弾体を射手が『操縦』する前に、二機のヘリの間の空間へ突っ込む――右人差し指をレバー前面で左へ鋭く滑らせる。

「いやっ」

ザンッ

まるで豆腐を切ったような手応え。右マニピュレータを前へ振り出しながらすれ違うと、青白く光る剣はＷＺ10戦闘ヘリの機体を水平に両断していた。

ドォンッ
爆発の衝撃波を背に感じながら、左足を踏み込み、統制桿を左へこじった。

（振り向けっ……！）

ぶんっ
足を載せているフットペダルは、使い方を猫に習ったわけではないが、これまでの戦闘から得た経験で、〈勘〉で踏み込んだ。

強く左へ踏むと、人型の機体は左足を軸に、急転回する。

ずざざっ
横Ｇ。

「くっ」

前方視界が横向きに吹っ飛び、一瞬で機体は立ち止まるようにして振り向き、一八〇度ターンして反対向きに地を蹴る。

目の前に、灰色の戦闘ヘリが一機、後ろ姿を見せたまま浮いている。何かを探すような様子。すれ違ったわたしの機を見失ったか（ヘリは前傾姿勢で宙に浮くから、後方視界というものが無いに等しい）。

次の瞬間、ヘリは慌てた挙動で機首を左へ振ろうとするが

「遅い」

右手人差し指を下へ滑らせると、視野の右横で、エクレールブルーの右腕が剣を構え直す。そのまま突進、統制桿を前へ押すのと同時に指を斜め左下へ。

「てやっ」

うわっ、とWZ10の機体が目の前に迫る（左へ回頭しようとして真横を向いている）。ブルーの右腕が振り下ろされるのを、タンデム式複座のコクピットから二名の乗員が驚いた様子で、ヘルメットの頭を向けて見上げる（本当に遅い）。

ザンッ
斜めに振り下ろした長剣（電磁超振動剣というらしい、後で知った）はWZ10の灰色の機体後部――ヘリの尻尾の部分を、上から下へ両断した。

「くっ」

すかさず、人差し指を跳ね上げるようにして、振り下ろさせた剣を上向きに返す。

キンッ
ヘリの機体の上部で廻っていた回転翼を、上へ弾き飛ばす。

同時に統制桿を手前へ。

両足を踏み込み、機体の突進を止める。

急停止。

きゃぁああっ、と足下で悲鳴。「止まるぞ、つかまれ」と注意する暇が無かった（注意したところで、つかまるところなんか無いが）。

続いて、そのまま統制桿を引いてステップバック。カチン、と手前へ一瞬強く引くようにして手を放すと、統制桿は中立位置へ戻って、機体は一歩下がった位置で停止する。


どしゃんっ、と埃を立て、目の前で尻尾と回転翼をもがれた灰色の戦闘ヘリが落下して地面に叩きつけられる。

（よし）

爆発はしない——

これでいい。

胴体部分だけ、斬りおとしたのだ（目論見通りだ）。

わたしは前方から目を離さず、左手で赤いレバーを前方へ戻す。頭上に右腕が上がり、自動シークエンスで長剣がバックパックに収納される。

道路上、落下したヘリの胴体は、傾いて転がりかけ白煙を上げている。

よし――

「騎士よ、何をしている」

わたしが、今度はゆっくりと統制桿を前へ押し、落下したヘリの胴体へ歩み寄ったので猫がまた怪訝そうな声を出す。

「敵が集まって来るぞ」

「いいから」

説明している余裕は無い。

電磁砲を使って爆砕したら、この方法は使えない……。被弾する危険を冒しても、ヘリを剣で斬る必要があった。

白煙を上げる灰色の紡錘形――落下した胴体の手前で、統制桿を戻し、エクレールブルーを立ち止まらせる。続いて右手で統制桿を微妙に前方へこじる。両足を踏み込む。

屈ませるには、これでいいはず――

ぐうっ、と沈む感覚。

足下にある胴体が、目の前に近くなる――思った通りだ、人型の機体が片膝をつくようにして屈み込んだのだ。

（抱える動作は、こうか……？）

両腕の操作法は、これまでの数度にわたる戦闘を通じて、何となく分かって来ていた。

統制桿を右手の人差し指と、親指で輪を作るようにして摑む。

すると
ぐん、と目の前に左右のマニピュレーター——巨人の両腕が伸びて、地面に転がる灰色の紡錘形を抱え込もうとする。

だが『空振り』した。

左右の腕は、道路上に転がるＷＺ10の胴体の手前で、何も摑まずにガシン、と組み合わさる。

(そうじゃなくて)

ピピッ
ピッ
ピピピッ
ピピッ
磁場索敵儀の警告音が、四周から迫り、大きくなる。
(くそ)

大群か――？

北京じゅうの戦闘ヘリが群れ集まって来るんじゃないだろうな……

「くっ」

わたしは人差し指と親指を離すと、もう一度右手で統制桿を微妙に前へ押し、両足を心もち強く踏み込む。

さらに灰色の胴体が、ぐっと目の前に迫る。コマンドモジュールの壁が無ければ、手が届く感じだ。

ヘリの胴体上部に、タンデム式複座のコクピットがある。驚いた様子で、こちらを見上げる暗緑色のヘルメットが二つ。黒いゴーグルを装着した顔が見える――

わたしが再び人差し指と親指で輪を作り、機体の両腕を伸ばしていくと、二名の乗員は慌てた動作で自分たちのハーネスを外し、手動操作でキャノピーを跳ね上げた。

「逃げるなら、さっさと逃げろ」

外部スピーカーは入れていなかったから、わたしの声は聞こえなかっただろう。しかし蒼い巨人が屈み込んで覆いかぶさり、両腕で胴体を抱え込もうとして来た。

機体を剣で斬られ、地面に落下して叩きつけられ、乗員二名は呆然としていたのかも知れない。ガシッ、と左右のマニピュレータが機体を抱え込むと、弾かれたように動いた。座席を立ち上がり、飛び降りた。

そうだ、さっさと逃げろ。

この様子なら、飛び降りる前に電気系のマスター・スイッチを切る余裕なんてあるまい……。

わたしは人差し指と親指で握った統制桿を、ゆっくり手前へ引き、同時に左右均等に踏んでいる脚の力を弛めた。

がざざっ、と音を立て、灰色の胴体を抱えたままエクレールブルーは立ち上がる。

「教えて」

わたしは右横の猫に訊いた。

「抱えたまま飛ぶには、どうする？」

「何」

「こいつを抱えたまま、飛行出来る？」

出来なければ、まずい――

でも出来るはずだ……。もしもわたしが設計者なら、せっかく腕があるのだから、重量物を抱えて運べる機能は必ず持たせる。

すると
「マニピュレータの固定機能を使え」

猫は、顎で〈飛行バランスモード〉への切り替えレバーを指す。

「レバーを、右へ九〇度ひねってから押せ」

「分かったっ」


わたしは言われた通りに、黄色いレバーを握ると、右へ九〇度ひねった。

ガシン、と両腕が固定される手応え。

そのままレバーを、ノッチを乗り越え、前方へ。

〈安定翼　未展張〉

また正面にメッセージが出る。

機体背部の安定翼も、さっき着地をした時に自動的に畳まれていたのか。すかさず左手で、赤いレバーを引く。

ピピピッ
ピッ
ピピピピッ
ピピッ
磁場索敵儀の警告音が無数に重なって、響く。
「姫様」

後席から、リンドベルが遠慮がちに声をかけてきた。

わたしが、何をしているのか分からないのだろう（説明する暇も無い）。

北京じゅうから、戦闘ヘリが群れ集まって来ている。

「飛ぶぞ、つかま――」

言い終える前に。

正面の頭上、ビルの屋上から横向きに飛び出す格好で、敏捷な影が出現した。一つだけでない、二つ、三つ、四つ――

「くっ」

赤い照準レーザーの光の棒が、何本も押し寄せるのとわたしが左手で推力桿を前方へ叩くように押すのは同時だった。

重量物を抱えていた。力加減は分からない、推力桿を二センチ前方へ押し出した。

ふわっ

4

ウォッ、という機関の唸りと共に機体が浮揚し、瞬時に一〇〇フィート以上を跳躍するように飛び上がった。

濃密な靄の中へ突っ込み、周囲が真っ白になる――

「――くっ」

わたしは推力桿を戻し、機体の急上昇を止める。

ビル群の屋上、すれすれくらいの高さでいい。

(このまま南へ向けよう、南は……)

どっちだ、と全周モニターを取り巻いて浮かぶ方位環を読み取ろうとした瞬間。

シュッ

シュル

シュババッ

何か速い物体が複数、脚の下をすり抜けた。ロケットモーターの噴射する響き……

!?

真下――足のすぐ下。

ほとんど同時に

ドゴッ

重たい衝撃波が真下から襲い、機体を突き上げた。

持ち上げられる――

「く、くそっ」

たった今、飛び上がるのと入れ違いに上方から襲ってきた戦闘ヘリの群れ——あの灰色の機影は四機か、あるいはそれ以上いた。群がるように襲ってきて、六車線道路の中央に立っていたこのエクレールブルーへ一斉に対戦車ミサイルを放ったのだ。

ほんの数秒前、わたしがいた位置へ雪崩のように殺到したか。

この爆発——幹線道路がクレーターになるような数のミサイルを、一斉に浴びせてきた……⁉

ドゴゴゴゴンッ
きゃぁぁあっ、と足下から悲鳴。突き上げる衝撃波でコマンドモジュールの球全体が真下から打撃されるように揺さぶられた。

「——心配するな、当たってないっ」

わたしは怒鳴ると、全周視界を見回し、方位環の上に〈S〉の文字を捜した。

（——後ろかっ）

いつの間にか、機体は北西を向いていた（大通りはたぶん南方向へ伸びていたが、格闘で機体の向きが変わったのだ）。

南へ向けよう、と意識すると、右手の統制桿に微妙に力が加わったのか全周視界は右向きに流れる。濃密な靄の中だから、ただ目の前で白い気流が横向きに動くだけだ。

おまけに灰色の戦闘ヘリの胴体部分を両マニピュレータで抱えている。前方の視界を半分以上、隠してしまっているが――

「これでいい」

目の前の、戦闘ヘリの胴体の上に〈S〉の表示が重なると、わたしは統制桿にかけた力をいったん抜き、左手の推力桿を前へ。そして右手を今度はほんのわずか前方へ。ちょうどF35BJを、ホヴァリング状態から空中で前進させるときの操舵の感じか。

ウォオッ

足の下で機関が微かに唸りを増し、エクレールブルーが高度をほぼ保ったまま、方位環の〈S〉の方向へ進み始める。

「騎士よ」

横で猫が、機体の抱える灰色の胴体を顎で指す。

「この〈青界〉の飛行機械を盾に使うのか。ならば後ろ向きに飛んではどうだ」

「盾にするんじゃないわ」

わたしは頭を振る。

思いついてから、説明してやる暇もなかった。

濃密な白い靄――北京を覆う大気汚染のガスが、やりようによって味方になる。ヘリの群れと戦っているさなか、思いついたのだ。

「このヘリ」

わたしはWZ10の、コクピットのキャノピーがぱくりと開いた機首部分を顎で指す。

「この胴体部分は、バッテリーの電力がまだ切れていない。見て、操縦席の計器パネルで表示灯がいくつか点いたまま」

「電力が切れていないと、どうなのだ」

「IFFが働く」


わたしは、WZ10戦闘ヘリの胴体――無人のコクピットがキャノピーを跳ね上げている――を抱え持った状態で、エクレールブルーを宙に前進させてゆく。

高度は……。そういえば高度は、どうやって測るのだろう。高度計らしき表示は――？　どこかにあるのかも知れないが見当たらない。

でも感覚で、さっき跳躍するように一〇〇フィート余りを舞い上がった。

それは分かる。今、北京の中心街の建物群の屋根すれすれくらいの高さを、南へ進んでいる。幅六車線の道路の上にいるのか、あるいはビルの上をすれすれにかすめているのかは、前がほとんど見えない（視程が二〇〇メートルしかない上、両マニピュレーダで抱え込んだ灰色の胴体が視野の半分以上を塞いでいる）から分からない。

「ＩＦＦとは、何だ」

「〈敵味方識別装置〉」

わたしは猫に、短く説明する。

「レーダーのパルスが当たると、自動的に『味方』の識別信号を出す。このヘリの胴体を抱えている限り、人民解放軍はわたしたちを味方の一機だと思い込むわ」

濃密な靄のせいで、地上からはこの人型の機体は肉眼では見えまい。

空中からも――

ピッ
ピピッ
（――）
また接近警報音――前方だ。今度は二つ、左右の前方からやって来る。
わたしはそのまま、いわゆる『ブタ勘』で一〇〇ノット以下のスピードを維持しながら宙を進む。
すると
ピッ

ピッ

目の前は真っ白だが——二つの音源は、わたしの左右をすれ違って、後方へ行った。

離れていく。

やはり……。

「姫様」

足下からの声が、わたしの思考を遮った。

「キ、キルクが」

幼い声は、メイドの一人か。訴える声。

「どうした」

わたしは統制程で機の姿勢を保ちながら、訊き返す。

視界は限定されている——前方から、また高層ビルの壁面でも現われたら、回避しなくてはならない。

「具合の悪い子がいるの？」

声の調子を読み取って訊くと

「はい」

「キルクが」

「キルクがおかしいんです」

「苦しがっています」

十代前半のメイドや、女官見習の子たちだ。

口々に訴えた。

無理もないか……。球体のコマンドモジュールの底にさっきから押し込められ、うずくまって、つかまるところも無しに振り回された。凄じい衝撃が何度も――

「姫様」

後席からリンドベルが言う。

「キルクがあえいで、苦しがっている様子です。降りて介抱します」

「お願い」

わたしは前を向いたまま、後席の年かさの少女に頼んだ。

ぶつけて、怪我をするような突起物は下の方には無い。おそらく酔ったか、パニックを起こしたか――

「まだしばらく、飛ばなきゃならない。でも安心して。さっきみたいな衝撃は、もうないわ」

「分かりました」

もう無い、とは保証できない。

だがわたしは、年かさの少女を安心させるため言った。

飛び続けなければ――このまま人民解放軍のヘリのふりをし、ヘリのスピードと、ヘリの飛びそうな低空を維持して北京の市街地から南へ抜ける……。解放軍のレーダーには、味方ヘリの一機として映るだろう。だが、さっき脱出した搭乗員が報告をするだろうし、長くは騙せない。五分か、十分くらいが勝負だ。

急いで市街地を抜けて、その後は――

(海へ出るか)

この近くの海は、渤海湾《ぼっかいわん》といったか……?

海上へ出て、低空を保って、とにかく南へ飛べば――


頭の中に地図を描く。

だいたいの大ざっぱな大陸の地形。

北京の位置は、大陸北部の湾から少し内陸へ入った辺りだ。あの辺か……。真南は駄目だ。市街地を抜けたら、針路を少し東へ振り、東南へ進む。そうすれば天津《てんしん》あたりの海岸線から、海へ出る。

洋上へ出たら、抱えているヘリの機体は捨ててしまい、後は針路を南へ向けて超低空で――

（――でも燃料は？）

そうだ。

ハッ、とした。

そういえば、燃料はもつのか。

これまで気にもせず、この人型兵器を動かして来たが……。

「ノワール」

わたしは猫の名を呼んだ。

「燃料計は――？　この機の燃料は、どうなっているの」

残り燃料。

戦闘機パイロットならば、作戦を遂行しながらも常に気にしていなければならない。

わたしとしたことが――

しかし

「君の言う『燃料』とは」

猫は訊き返した。

「エナルジー源のことか」

「そうよ」

守護騎の動力源。

それは何なのか。

この機体を宙に浮かべ、飛ばし、地上では手足を動かして機動させる。

手足を動かしているのは、おそらく内蔵された電磁アクチュエータか、油圧シリンダーだ（あるいはその両方か）。

電気を使っているのは分かる。このコマンドモジュールも電気仕掛けだ。全周ディスプレーに、浮き上がる様々な表示……。

仮に、手足を動かすのに油圧系統があるなら、作動油に圧力をかけ還流させるポンプ、それを動かすモーターが必要だ。電磁アクチュエータだったとしても、リニアモーターの一種だから、大電力を使う。

機体のどこかに、大出力の発電機がある。それは間違いないだろう。では発電機を駆動している動力源は何なのだ――？

そして、最大の疑問。

いったい、どういう原理で飛んでいる……？

「エナルジーは、ノワルステラから汲《く》み出す」

猫は応えた。

「騎士よ。尽きる心配はしなくて良い。一般の貴族家の守護騎で、普通に運用して二〇〇年はもつ。ただし」

「に」

二〇〇年……？

「ただし、一度に放出出来るエナルジーの量には限りがある。エール・アンブラッゼのようにツイン・ノワルステラを装備していなければ、電磁障壁などは使えない」

猫は続けて説明したが。

エンジニアであるわたしにも、よく理解出来ない。

汲み出す――って、どういうこと。

二〇〇年もつ……？　バッテリーのようなものか？　あらかじめ充電してあるのか。それでいったい、機を宙に浮かせて飛ばしている仕組みはどうなっているんだ。

「姫様」

考えを遮るように、真下からリンドベルの声。

「キルクは」

「どうなの」

わたしはちらと、股の下から球体の底を見やる。

白いまだら模様が流れる下方視界を背景に、パステルカラーの木綿の服をまとった少女たち。球体の底でうずくまり、ただでさえ窮屈なのに、真ん中に何とか隙間を空けて小柄な金髪の子を仰向けにしてやっている。皆で心配そうに覗き込む。その中から、白い服のリンドベルがわたしを見上げる。

「この通りです。激しく息をして、苦しがっています」


見ると。

寝かされている少女は、ちぢれた金髪に見覚えがある。

はぁ、はぁっ、と呼吸の音。仰向けで、顔を赤くしてのけぞっている。

あの子か。

初めに目を覚ました時、ベッドの横でリネンを抱えていた……。

呼吸が速い――

(そうか)


「リンドベル、キルクは」

わたしはそのメイドの少女の名を思い出しながら、聞きただした。

コマンドモジュールは外景を透かし見る球体だ。底面にうずくまる少女たちは、まるで宙に浮いているように見える。

「激しく息をしているのね？」

「はい」

「そうです、姫様」

「苦しそうです」

「わかった」

口々に訴える少女たちをなだめるように、わたしは告げた。

本当ならば、機体をどこかへ降ろし（自動操縦があればいいのだが――あったとしても前方を注視しながら飛ばねばならない。この席は離れられない）、わたしが直接に介抱したいのだが。

その時間が惜しい。脱出したヘリの搭乗員が報告をするだろう。また仮に着地すれば、機体が人目に触れ、通報されるかも知れない。巨大な人型兵器がヘリの胴体を抱えていたとか知らせが行けば――

キルクという少女の顔を、またちらと見て確かめた。激しい呼吸と、苦しむ表情……

（――そうだ）

あの様子は。

例の症状に違いない。

「リンドベル、キルクの口を、布で塞ぎなさい」

「——えっ⁉」

リンドベルはわたしを見上げ、聞き返した。

「口を、塞ぐのですか」

「そうよ」

前方視界から目を離さないようにしながら、わたしはうなずく。

「口だけじゃない、鼻も塞いで」


あまりのストレスや恐怖にさらされると、人間は呼吸が速くなる。場合によっては、酸素の摂り過ぎ——つまり血中の二酸化炭素濃度が低くなり過ぎて、四肢のしびれや痙攣、引きつけに似た症状を引き起こす。

血中の酸素は濃過ぎても害になる。テストパイロット養成コースで、航空医学の講義を受けた。試験飛行においては空中で予期せぬ情況に直面する。そういう場合、人間はどうなってしまうのか。

空中でわけが分からぬ情況となり、パニックに陥ったら。息が苦しくなり手足が痺れて来たら、とりあえず操縦桿から手を離し、酸素マスクを顔からはがし取れ。

息苦しいのは酸素が足りないのではない、エアの吸い過ぎなのだ。

だが

「姫様。で、でもそんなこと――」

リンドベルの声は訊き返す。

ちらと目をやると、わたしを見上げる少女。

眼鏡の下の蒼い目を見開いている。

「いいから」

わたしは年かさの少女に告げた。

「言われたとおりに、やって」

「は、はい姫――」

少女の声が言い終わらないうちに

ピピピッ

ふいにまた磁場索敵儀の反応音。

（強い反応だ）

前方から来る……？

ピピピピピッ

「な」

何だ、これは。
反応が強い。
真正面だ。
わたしは目を上げるが、視界は白いままだ。
しかし
ドドドドドッ
空気の震え。
何かが来る。
（――!?）

何だ。
一瞬、両手が固まる。
宙で停止するか。
あるいは別方向へ回避……
だが考える暇もなく。
グドドドドッ
思わず目を見開いた。真っ白く流れる視野の頭上、巨大な影だ。前方から何か、巨大な影が被さる――腹に響くような轟き。

（これは……！）

とっさに右手首をこじるように押し、同時に左手の推力桿を少し戻し、両足を踏み込んだ。

エクレールブルーの人型機体は、宙で身をかがめるようにしながら行き足を止め、その場で停止する。

ほとんど同時にコマンドモジュールのすぐ頭上、前方から両翼を広げた巨大なシルエットが覆い被さり、すれ違うように擦過した。

「――うっ」

目をすがめる。

ドドドドドッ
赤い明滅光――衝突防止灯か……⁉　球状の赤い閃光がわたしの額のすぐ上をかすめるように通り過ぎた。

「く、くそ」

ぐらっ
機体が、下げられる――轟音と共に頭上からダウン・ウォッシュが襲い、エクレールブルーは吹きおろし気流に揉まれ、宙を押し下げられた。
わたしは左手の推力桿を出し、機体の沈みを止めようとするが
（いや。待て）

勘が、『待て』という。

このまま着地だ。

下へ着地しろ、と勘は言う。そのほうがいい――

（――そうかっ）

たった今の巨大な影。あれは四発エンジンの大型旅客機だ。間違いない、腹の下に赤い衝突防止灯を閃かせ、わたしのすぐ頭上を上昇していった。

つまり、ここは。

「騎士よ、降りるのか」

横で猫が聞いた。

わたしが、左手の推力桿を絞って、機体を下降させたからだ。

「介抱は、女官に任せたらどうか」

「そうじゃなくて」

わたしは応えながら、推力桿を絞ってしまう。白い靄がぶぉっ、と下から上向きに

流れ、視野の下側から緑色の大地がせりあがって来る――思った通り、芝地だ。

「着地するぞ、つかまれ」

言いながら、両足のペダルを踏み込む。やや乱暴だがエクレールブルーの両足を、そのまま地面につける。

ドスンッ

下で、また「きゃっ」と悲鳴が上がる。

しかしやむを得ない、できるだけ早く、この機体を空港のレーダーの画面から消してしまわなくては……。

コマンドモジュールの下方で、機体の両脚が柔らかい草地に着地し、膝のサスペンションが沈み込み、操縦席がまた前へのめる。

「くっ」

ハーネスが肩に食いこむのをこらえ、目を上げると。

思った通りだ。

視界の先、白い濃密な靄の中へ、白色の灯火の列がまっすぐ伸びている。

(滑走路の末端のすぐ手前か。こいつはやばい)

わたしの操るエクレールブルーは、一〇〇フィート程度の低空を維持し、いつの間にか北京中心街を脱していた。脱したのはいいが。今度は市街地のすぐ外側にある空港の敷地内へ、入り込もうとしていたのだ。

(ここは)

北京空港か……⁉

ピピピッ

また磁場索敵儀の警告音。

5

「騎士よ。二クード前方、また強い反応だ」

横で猫が耳を立てるようにして、教えた。

「たった今のと、同じくらいの大きさだ」

「……今のと⁉」

わたしは目を凝らす。

視界は、白い。真っ白だ。視程はここでも二〇〇メートルがいいところだ。靄の奥へとまっすぐ伸びる灯火の列――つまり長大な滑走路のセンターラインが、わたしの目の前にある。

エクレールブルーが着地したのは、北京首都空港の、おそらく出発滑走路の末端部分のすぐ手前だ。

たったいま大型旅客機が、頭の上をかすめて上昇して行った。

ピピピという警告音を発し、飛行物体の位置を立体的に知らせるシステムは〈磁場索敵儀〉というらしい。

航空機も守護騎も、機械の塊である以上、固有の磁場を持っている。索敵儀はそれらの存在をパッシブに捉えるのだろうか。

音の強弱で、猫には反応する対象物との間合いが分かるのか。

わたしはマニュアルの教習も無しで、この機体に乗っている。すべて手探り、搭載している索敵システムの仕組み自体もよく分かっていない。

「こっちへ来るの」

「いや」

猫は前方へ向けた両耳を、ぴくりと動かす。

「止まった。停止した」

ピピピ
ピピピ
（――）

確かに。

靄の奥から聞こえる警告音は、大きくなることはない。音量はそのまま――

猫は『二クード前方』と言ったか。

どのくらいの距離……？

単位もよく分からない。しかし『一クード』が一マイルくらい、と仮定すると、ちょうど二マイル――四〇〇〇メートル弱。大きな空港の標準的な滑走路の長さ。

警告音の源は、目の前に伸びる滑走路の向こう側の端で、停止している……。


たった今、わたしの頭上すれすれを飛び越して行ったのは大型四発機――たぶんエアバスA３８０か、ボーイング７４７の貨物型だろう。主翼からのダウンウォッシュ（吹き下ろし）が凄かった。

わたしがエクレールブルーを着地させたここは、出発用滑走路の末端のすぐ外側だ。

おそらく北京首都空港――交通量はロスアンジェルスと並んで『世界最多』と言われ

ている——だ。こうした大空港では視程が二〇〇メートルしかなくても、カテゴリーⅢの計器進入システムを活用すれば大型機の離発着が可能だ。

わたし自身、飛行開発実験団で空自向けC2輸送機のシミュレーターを操縦した経験がある。前方視界が二〇〇メートルしかなくても、滑走上に伸びる灯火の列を目印に、パイロットは機を加速させて離陸する。

猫の言うところが確かならば。

今、目の前に伸びている灯火の列の向こう——四〇〇〇メートル級滑走路の向こう側の端で、次に離陸する順番の大型機が、走り出そうとしたところで停止した。

これは何を意味するのか。

（やはり、管制塔のレーダーには見つかっていた）

わたしは唇を噛む。

空港にも、航空交通管制用のレーダーがある。軍の識別信号を返して来る、ヘリらしき飛行物体が空港の敷地内——それも出発用滑走路のすぐ前方へ、いきなり低空で割り込むように侵入して来た。

レーダーを見ていた管制官は、驚いたはずだ。

おそらく、わたしの頭上を擦り抜けた離陸機にも、離陸を中止して停止するよう指示をしたはずだ。しかし離陸機はＶ１決心速度を超過していたので、停止出来なかった。そのまま離陸した。

かろうじて衝突は免れたが……。

今、北京空港の管制塔では大騒ぎになっているかもしれない。解放軍のものとおぼしきヘリが空港敷地内へ闖入し、出発機とすれすれで交差したのだ。

次に離陸の順番を待っていた機――おそらく国際空路の大型旅客機か、貨物機だ――は滑走路上のスタート位置で停止を命じられ、待機させられている。

今、管制塔では緊急周波数を用いて、こちらを必死に呼んでいるだろう。首都空港の滑走路のすぐ先へいきなり割り込んで、何をしているのか。

しかしわたしには、連絡する手段もない。

「目をつけられた。軍に、すぐ問い合わせが行くわ」

おそらく管制塔では、離陸の統制に当たる管制官が双眼鏡でこちらを見て（濃い靄のせいで見えるわけは無いが）、卓上の赤い受話器を取り上げているだろう。軍との直通回線だ。「軍のヘリが一機、侵入して来た。応答もしない。どういうことか」と問い合わせるだろう。

レーダー画面に現われる識別コードも通報される。

まずい。

「姫様っ」

唇を嚙むわたしを、足下からリンドベルの声が呼ぶ。

「キルクが。キルクが苦しがって」

「――」

ちらと下を見やる。

（……くそっ）

あれでは駄目だ。

処置がなっていない、駄目だ。あんな口の塞ぎ方では――

「くっ」

わたしは左手を伸ばし、黄色い操縦系のモード切替えレバーを摑む。

レバーは、着地と同時に自動的に〈陸戦〉の位置へ戻っている。さっき右へ回した握りを今度は反対の左へ戻す。

同時に、右手の人差し指と親指で輪を作るようにして統制桿を握ると、輪を開くように滑らせる。

これでいいはず――

途端に
ズズッ
機体が震動した。胸部の前で左右からマニピュレータに抱えられていたヘリの機首部分が、滑りおちるように消え失せた。
ドシャンッ

ぐらっ
重量物が足下で地面にぶち当たる震動と、同時に抱えていた質量が消え失せた反動で、機体はのけぞろうとする。

「く」

右手の統制桿で姿勢を保つ。

機体が前後に揺れ、また娘たちの悲鳴。

やむを得ない。

せっかく抱えて飛んで来たＷＺ10の機首部分だが、わたしは両腕をリリースして地面へ放り捨てた。

だが、これだけでは不十分だ。地面に降りたから、空港レーダーのスコープからは姿を消しただろう。しかし頭上をレーダー捜索波が通り過ぎれば、ＷＺ10のＩＦＦは識別信号を返すかも知れない。

わたしは右の人差し指を、統制桿に沿って上向きに滑らせる。だいたい、手足の操作の勘は摑めて来た。これでいいはず。

ブンッ
視界の右側で、右マニピュレータが跳ね上がる。

外から見れば蒼い巨人に見えるエクレールブルーは、右腕を振り上げた格好だ。

「えいっ」

次の瞬間、わたしは人差し指を下向きに滑らせるのと同時に、統制桿を前へ倒すように押した。

ぐわしゃっ

守護騎は上体を前傾させ、右の拳で地面のへりを打撃した。

土煙。

アルミ合金のモノコック構造が弾け飛び、細かい部品が煙のように散る。

「これでいい」

さっきまで生きていたコクピット部分の電気系は、粉砕したはず。

「騎士よ。何をする」

猫がけげんな調子（こいつに感情があればの話だが）で訊く。

「信号を利用するのではなかったか」

「待ってて」

猫の問いかけに取り合う暇がない、わたしはシートベルトとハーネスを外し、操縦席から立ち上がると、跳んだ。

球体のコマンドモジュールの底へ飛び下りる。


「貸してっ」

片膝をつくようにして少女たちの間へ割り込むと、ちぢれた金髪のキルクはもう蒼い顔だ。やばい。

わたしはリンドベルの手からリネンをもぎ取ると、仰向けで苦しむキルクの顔に当て、口も鼻も同時に塞ぐ。

強く押さえる。

「――」

「――」

少女たちが、わたしの左右で揃って息を呑むが、構うことなく白い布を押しつける。

「キルク、聞こえる⁉」

わたしは呼びかける。

「息を吸っては駄目、止めるの」

「――」

「――」

全員が注視する中。

両手で口と鼻を塞ぎ続けると、金髪の少女（十四歳くらいか）は「ウッ」と大きく胸を反らせ、のけぞったが。

一秒後には、のけぞって固まった細身が、力が抜けるようにふわりと柔らかくなった。布の下でフウゥッ、と息を吐く。

「そうよ」

わたしはきつく目を閉じた少女へ呼びかける。

「ゆっくり。ゆっくり息をして」

「姫様」

「姫様っ」

ピピピピッ
同時に頭上で、警告音のトーンが変わる。

せわしなく、大きくなる——

「——くっ」

来たか。

わたしは立ち上がると、曲線状のアームに飛びつき、コマンドモジュールの中心に突き出す操縦席へ這い上がる。

「こっちへ来るの？」

「そうだ」

操縦席の右横で、待っていた猫がうなずく。

「大きな反応が、こちらへ自走を開始した」

「わかった」

わたしは席に戻り、手早くシートベルトを締めると、足下へ叫んだ。

「飛ぶわ。リンドベルはキルクを押さえて。みんなは」

ピピピという響きは、言い終わるまで待ってくれない。

白い靄の向こう、わたしの眉間へまっすぐ迫るように大きくなる。

このヘリの反応が、空港のレーダーからは消えた。管制塔が、次の出発機に離陸の許可を出したか。

そうに違いない、機体の脚部を通し、コマンドモジュール全体が細かく震え始める。

ドドドドッ、という雷鳴のような響き。

「どっかにつかまれ」

言うが速いか、左手を伸ばして操縦系を〈飛行バランスモード〉。続けて安定翼も展張させる。

「飛ぶのか」

猫が訊く。

「そうよっ」

今度も説明する暇は無い。

ばさっ、と機体の背で何かがメカニカルに開く手応えがするのと、ピピピピと警告音が大きくなりながら目の前に迫るのは同時だ。

よし。

一か八か――

左手で推力桿を握り、目をつぶった。音だけで眼前に迫る物体との間合いを測り、また『ブタ勘』で左手をわずかに前へ。

ふわっ

機体が浮く。
地上数メートルとおぼしきところで、止める。
エクレールブルーを宙に浮かせ、その位置で止め、目を開けると。
ドドドドッ
白い靄が黒くなり、巨大な影が両翼を広げて覆い被さる。真正面、チカチカと瞬く赤い閃光が迫る。わたしの眉間に――
ドドド
(――今だ)
赤い閃光を放つ衝突防止灯(旅客機の胴体腹部についているやつだ)から目を離さず、わたしは右手の統制桿をこじるように引くと両足を踏み込み、左手の推力桿を前へ出す。ぐうぅっ、とコマンドモジュールが仰向けになるように天を向く。
ざぁあっ
(飛べっ)
背面のまま、左手で推力桿を押す。
ざぁっ
「――くっ」

舞い上がった。斜め上へ加速。目の前すぐの位置に、震えながら赤い閃光灯が瞬いている。エクレールブルーの人型の機体は巨大旅客機（全体の形状が分からないので機種もまだ知れない）と腹部を合わせるように、半ば仰向けの姿勢で上昇を開始した。

ついて行け……！

わたしは機体に言い聞かせるように心の中でつぶやき、右の肘を固めるようにして統制桿でのけぞるような機体姿勢を維持し、左手の推力桿をさらに進める。

離れるな。

腹を、擦り付けるのだ。

地上のレーダーで見たとき『一機』となって映るように、くっついて飛ばなくては。

「く」

目の前の赤い閃光灯は目印だ。

顔をしかめ、眩しくても睨みつける。

こいつが、視野の中で動かないように飛ぶんだ。

航空自衛隊で培《つちか》った、密集編隊飛行の操縦技術が役に立った。

僚機の機体の一か所を目印に、それが視野の中で動かないように操縦する――

コマンドモジュールの外殻（透けて見える）を通して、目の前二メートルの位置に赤い閃光灯を『置く』ように、わたしは右手の統制桿と左手の推力桿を微妙に操った。視野の上から下へ、白い水蒸気が激しく流れる。

上昇している。

やがてすぐに、水蒸気の奔流は途切れ、周囲が嘘のように明るくなる。

でも目は離せない、視線は目の前の衝突防止灯——大型機の腹に向けたままだ。

空気の流れが速くなる。高度を取りながら、さらに目の前の大型機は加速している。わたしは推力桿を少しずつ前へ出し、遅れずにぴたりと腹の下についていく。仰向けの姿勢で上昇しているから、操縦席でのけぞる感じだ。

（くそ）

背中がつらいが、こらえる。

今、エクレールブルーは、離陸する大型旅客機の腹の下へ吸い付くようにして、一緒に中国大陸の上空へ舞い上がりつつある。

大型機ならば長距離国際線だろう、地上のレーダーからは『一機』に見えるように密着して飛んでいけば、やがて中国の領空から公海上へ出られる——

ちらと左右に目をやると。

周囲は、すでに青空だ。

濃密な大気汚染の靄に覆われた都市から、上空へ抜けたのだ。

（――よし）

頃合いを見計らい、わたしは右手の統制桿をわずかに手前へ引く（引くというより、じわりとスティックに後ろ向きのプレッシャーをかける）。

すると
「――」

目の前でチカチカと眩しく瞬いている赤い閃光灯が、視野の奥へわずかに遠のく。背面のままで、そのまま一〇〇フィートほど間合いを取る。

離れると、巨人機の機体の全容が視野に入る。主翼の下のエンジンは四つ。でかい――やはりエアバスA３８０だ。太ったナマズのような胴体が、緩い機首上げ姿勢を保って、上昇を続けている。

（慎重にやれ）

自分に言い聞かせ、約三〇メートルの間合いを取ると、わたしは右手首をこじるようにした。

ぐるっ
世界が廻る――守護騎エクレールブルーは飛行方向はそのままに、宙で軸廻りに機体を回転させた。

視界の中で、目の前にあった巨人機の腹部がぐるりと廻って、真上の位置へ被さる――背面から順面になったところで右手首を戻す。

回転が止まる。

すかさず、右手首をわずかに起こし、頭上に被さった巨大エアバス機の腹のすぐ下に再び張り付く。

ズゴォオオッ
風切り音は凄い。

しかし今度は、わたしの頭のすぐ上で赤い閃光灯が瞬く。もう眩しくはない。

機体を離したのは数秒だ。地上のレーダー・アンテナが一回転するのには通常四秒から六秒かかる。うまくすれば、機体を離して姿勢を変えたところは、見つかっていない。

「これでいい」

わたしは息をつく。

適切なポジションにさえつけてしまえば、密集編隊飛行は難しくない。

「このまま、この機の腹の下について中国を出るわ」

「慎重な行動は感心だが」

コンソールの肘掛けの横に器用に載ったまま、黒猫は言う。

「先ほどから、君は何を気にしている」

「ＳＡＭよ」

わたしは頭上の巨人機の腹からは目を離さず、答える。

「レーダーに捕まれば、ＳＡＭを撃たれる――この機体だって、地対空ミサイルを一度に百発も食らったら保たないでしょ」

「その君の言う『ミサイル』とは、誘導兵器か。追尾流星のことか？」

「たぶん」

猫の言葉のニュアンスをくみ取って、わたしはうなずく。

「ロケット推進で、誘導されて当たる爆弾」

「そうか。追尾流星だな」

人型ロボットのことを守護騎、ミサイルを『追尾する流星』……。

仏語に極めて近いミルソーティアの言語は、どこか優雅だ。

貴族家の乗り物、か……。

（……）

貴族の、姫――

ふと、目に蘇った。

このコマンドモジュールに着席したまま絶命していた、黒髪の〈姫〉。

わたしはちらと、操縦席のコンソールを見回す。

この前席には彼女の弟が座り、彼女自身は後席についていた。

わたしが見つけた時。

短身拳銃を手に、のけぞるようにして倒れていた。

その容貌を、想い出す。

初めに、息を呑んだ。どうしてなのか、彼女はわたしと『そっくり』だった。

名はアヌーク・ギメ・オトワグロというらしい。

下にうずくまっている娘たちは、まだわたしをその〈姫〉本人と思い込んだままだ。

またちらと、下を見る。

遥か眼下に白い靄に覆われた大地――高度はかなり上がった。一〇〇〇〇フィートを超えているだろう。カラーの地図写真のようになった下界を背景に、宙に浮くように見える木綿の服の娘たち。

膝をついてうずくまる真ん中に、寝かされている金髪の少女。

「――」

その時。

わたしは、白い服に金髪の少女の姿に、目をしばたたいた。

あの姿――？

何だろう。

そういえば最近、どこかで見なかったか。

金髪の子。

いや、あのキルクじゃない。似たような年格好で、金髪に白い服で……

「姫様」

わたしが見下ろしているのに気づいたか、リンドベルが顔を上げると、告げた。

「もう、大丈夫みたいです。呼吸も戻りました」

「――そう」

わたしはうなずく。

「じゃ、あなたは後席へ戻って。そこにいたらみんな、狭いでしょ」

言いながら、わたしは視野の中にもう一つ、違和感を覚えた。

今まで、意識する余裕もなかったが。

異様な物があるのだ。

うずくまる少女たちの後ろ——布にくるまれた、異様な感じの物体。

（そうか）

あれが、まだいる。

下にいるオトワグロ家の家職の少女たちが、ありったけの手持ちのリネンを合わせ、かぶせたのか。

その〈物体〉は少女たちの後ろに、白いミイラの標本みたいに横たわっている。

もちろんミイラではない。

数十分前のことか……？

ずいぶん色々な目に遭ったから、時間が経過したように感じるが——一時間も経ってはいないだろう。

ガク・チャウシン——

あの男だ。大柄な、中国共産党幹部の息子。ああいう連中を、こっちでは〈太子党〉と呼ぶらしい。

ガク・チャウシンは、このエクレールブルーをオトワグロ家から自分へ、無理やりに『譲渡』させようとした。異世界の決まりとか手続きとかはよく知らない、とにかく翔空艇で飛来した、僧のような身なりの者たちによって手続きがなされ、一度はこの守護騎の『正当なる操縦者』として認められたらしい。

ところが、猫がその〈認証〉を、どうやら上書きしたらしい。コマンドモジュールの中で格闘する間に『正当なる操縦者』はこのわたしに替わり、中国の大男ガク・チャウシンは〈侵入者排除装置〉によって頭を吹っ飛ばされ――

(――)

――『ディアオユダオ』

またふと、耳に何か蘇る。

何だ……。

(そうか)

思い出した。

下に横たわる、あの男の言葉だ。

――『ディアオユダオ攻略作戦が、ついに始まったか』

「……」

わたしは思わず、コマンドモジュールの底から視線を戻し、前方を見た。

そうだ。

ガク・チャウシンは、あの博物館の中庭で、頭上を通過する黒い量産型守護騎の群れを見上げ、確かにそう口にした。

ディアオユダオ。

確かに、あの男はそう言った。

（……ディアオユダオ——釣魚島）

第Ⅱ章　釣魚島攻略作戦を阻止せよ

1

（……釣魚島）

日本名で言えば、魚釣島《うおつりじま》。


あの時――

また思い出す。

広大な博物館の中庭で、わたしは人民解放軍とミルソーティアの兵たちに拘束され、引っ立てられて行く途中だった。耳に入ったその言葉に反応する余裕も無かった。

海自の幹部ならば、すぐピンと来たに違いない。わたしが空自のテストパイロットだから、普段あまり耳にする機会がなかった。

中国語の、その呼び名。

ディアオ・ユダオ。


しかし。

魚釣島を『攻略』……？

（……）

またちらと、足の下を見る。

木綿の服の少女たち。うずくまるパステルカラーの娘たちの後ろに、ありあわせの布でくるまれたミイラの標本みたいな物体（あんなものがすぐ背中にあったら、キルクが気分を悪くするのも当然か）。

わたしが格闘の末、からくも倒したガク・チャウシンだ。

数十分前の、その男の言葉。


――『ディアオ・ユダオ攻略作戦が、ついに始まったか』

攻略、作戦……。

わたしは眉をひそめる。

あの時。博物館の頭上を低空で通過していく黒い守護騎の群れを見上げ、あの男は確かにそう口にした――

『俺も後から男爵と行くぞ』とも言った（その〈男爵〉も本人も、共にもうこの世に無いわけだが）。

飛び立って行った黒い守護騎は、十数機――わたしの目に入らないだけで、他にももっといたかも知れない――群れをなすあれらは皆、同じシルエットだった。わたしは戦闘機パイロットとして、空中の飛行物体の特徴を捉える訓練はしている。黒い人型は皆同じに見えた。あれらは『量産型』なのか……？　同型機が数多くいるのか。

母艦〈ひゅうが〉を出る前、ＣＩＣでのブリーフィングで見せられた映像にも、確か同じ機体が映っていた。東トルキスタン（『新疆《しんきょう》ウイグル自地区』と中国が無理やり呼んでいる地域』）で共産党に反抗する民衆に対し、棍棒を振り下ろし鎮圧していた、あの黒い人型だ。印象は黒くてただ武骨、棍棒を振り回し、辺り構わず叩き潰す（このエクレールブルーのような繊細さは無い）。

「――あれは、何というの」

思わず、つぶやくと

「あれとは、何だね」

横で猫が訊く。

「何を案じている」

「あの黒い奴ら」

わたしは視線を、前方へ戻す。

もう、渤海湾へ出ている――前方には霞むような青い水平線。

「さっき、中庭の上を飛んで行った群れ――黒い、量産型みたいな」

「シュエダゴンのことか」

耳をピクリとこちらへ向け、猫は応えた。

「君の言うとおり、あれらは征服軍の量産型守護騎だ。名目上、守護騎と呼んでいるが、騎士の乗り物ではない」

「征服軍……？」


征服軍――

ミルソーティア世界からやって来たあの軍勢は、そう呼ばれるのか。

よくわからないが、このエクレールブルーはオトワグロ家という貴族家に所有される機体らしい。

あのゴキブリ型のアグゾロトルの場合は、『デシャンタル家』のものだった。建造してから何百年か経っている、と半獣人が自慢していた。

守護騎という人型兵器には、貴族家に所有されるものと、〈軍〉に所属するものとがある――？

「征服軍、というやからは」

わたしは猫に訊いた。

「釣魚島を――いえ魚釣島を『攻略』しようとしているの」

「ウオツリジマ、とは何かね」

「島の名前。中国語でディアオ・ユダオ」

「そうなのだろ」

猫はうなずく。

「その島だけでなく。クワラスラミ卿は、この〈青界《あおかい》〉全土を再征服し、領地化しようともくろんでいる」

「『再征服』……？」

「もともと〈界梯樹《かいていじゅ》〉の七つの〈界《スフィル》〉は、すべてミルソーティア征服府の領土だった」

「い、い、もともと――って」

「少し昔だ。四〇〇〇年前の〈大接触〉で、回廊《コリドー》は寸断された」


「――」

ますます、わけがわからない。

また知らない単語……？

「キルク」

足下から、娘たちの声。

「キルク、だいじょうぶ」

「しっかりして」

「もうすぐ、姫さまが降ろしてくださるわ」

「……」

統制桿で機体姿勢を維持したまま、わたしは唇を噛む。

これからどうする。

額の上には、グレーの天井——巨人旅客機の腹。

明滅し続ける赤い閃光灯。

こうやってエアバスの腹の下にくっついて、中国は脱出した。

猫の言葉によれば、燃料が尽きる心配はないのだという（この人型兵器は原子力潜水艦並みの活動時間を持つらしい）。ならば。

（このまま、旅客機の腹の下にいれば、どこの国のレーダーにも引っかからず飛んでいけるけれど……）

目を上げ、太陽のだいたいの位置と（そういえば時刻は今、何時頃になる？）、全周視界上で操縦席を取り巻く細い方位環の表示を見る。〈E〉の文字が、わたしの眉間のやや左に浮いている。どうやら東南東——真東に近い東南東へ向け飛んでいる。

これは中国から韓国、日本、アメリカ方面へと向かう航空路を進んでいるのか。

頭の中に地図を呼び起こす。北京から、天津の辺りで海岸線を突っ切った感じか……。そのまま洋上を東南東へ進めば、まず大連《だいれん》のある遼東半島のやや南側を通る……

視線を左手へやると。あった。霞むような水平線の上に、ぼうっと細長い島影のようなもの。

そうか、あれは遼東半島——防大の歴史の講義で習った。その西端には、旅順《りょじゅん》港を見下ろす二〇三高地がある。日露戦争での激戦地だ。

(——黒い群れが、魚釣島を『攻略』……)

わたしは唇を結ぶ。

「リンドベル」

ちょうど、後席へ上がってきた少女に、わたしは背中で呼びかける。

声を低め、後席だけに聞こえるように言った。

「ちょっと聞いて」

「はい、姫様」

わたしの声が小さかったので、年かさの少女は後席から乗り出し、わたしを右肩越しに覗くようにする。

「なんでしょう」

「あなた」

わたしは機体姿勢を維持したまま、一度だけちらと、横目で黒髪の少女を見た。

「あなた、わたしのこと、本当にアヌーク姫だと思ってるの」

「え」

少女の言葉が、止まる。

わたしの右の耳元で、少女の絶句するような息遣い。

まともに頭を回して見ることはできないが、リンドベルはごくり、と喉を動かしたようだ。その少女に
「答えて」

わたしは前方を見たまま、小声で問いかける。

「あなたは賢い子。わかるでしょう、わたしがアヌーク・ギメ・オトワグロではないことくらい」

「……」

「どうなの」

「姫様」

少女は口を開く。

「みんな怖がって、不安です。でもわたくしがあなたを『姫様』とお呼びすれば、みんな信じます」

「――?」

「あなたが」

少女も声を低めた。

「どなたなのか、本当は存じません」

「……」

「でも」

「?」

「でも『姫様』がここにいらして、生きておられる。守護騎を操って敵を倒して下さる。下のみんなは、それで希望を失わず、正気でいられます。だからお願いします、みんなの前で、今のようなことをおっしゃらないで下さい」

わたしは前を見たまま、息をつく。

やっぱり。

この子は賢い。

わたしがアヌーク・ギメ・オトワグロ本人でないことは、とうに見抜いていた。

でもわたしを『姫様』と呼んだ。

何が大切なのかを、考える力がある。軍隊なら士官になれる。

「リンドベル。だけど、これ以上、あの子たちを戦闘に巻き込めないわ」

「はい？」

少女はまた、けげんな声を出す。

何を言うのですか、という感じ。

そうだ。

戦場となった天安門広場と北京の中心街を、これだけ苦労して脱出した。

この黒髪の少女も、下にうずくまる娘たちも。この守護騎は今、安全な場所に向かって飛行している――そう思っている。

さっきアグゾロトルを倒した直後に、わたしも『帰る』と口にした。

帰る、と言うからには、この子たちは安全な場所へ行けると思うだろう。

「――」

目を上げる。

このエアバス――大型機だから、長距離路線だろう。飛んでいる方角からすると、おそらくこのまま東へ進み、朝鮮半島を横切って日本海を渡り、日本のどこかへ降りるか、あるいは本州を飛び越して北米大陸へ向かうか……。

おとなしく、腹の下にくっついていれば、四時間か五時間くらいで日本だ。

(でも)

ぐずぐずしてはいられない。

あの黒い量産型が、十機以上で魚釣島を……。

わたしは目をつぶる。

通常――尖閣の警備に当たっているのは海上保安庁だ。自衛隊は、空自が未確認機へのスクランブルは行うが、〈対領空侵犯措置〉によって警告をするのみで、こちらから攻撃は出来ない。海自は政府から〈海上警備行動〉が発令されないと、不審船などが来ても警告すら出来ない。

ふと

――『土木機械だ』

別の声が、頭に蘇る。

そうだ。

あの黒服の言葉……。

――『棍棒は地ならしの道具だ、これは武装していない土木機械だと常任理事国の中国が言い張れば、トラブルに巻き込まれたくない連中は皆黙ってしまうさ』

中国は人型兵器を『土木機械』と主張する――

脳裏に蘇ったのは。

出発前に〈ひゅうが〉CICにいた、NSCの黒服の男の言葉だ。

新疆ウイグル自地区――東トルキスタンで、暴徒鎮圧に絶大な効果を上げた人型兵器はいずれ尖閣へ来るだろう。

それがNSC（国家安全保障局）の見方だった。

黒服の、黒ぶち眼鏡の男（確か『黒伏《くろふし》』と名乗った）。NSC戦略班長だという三十代の男が口にしたのは「黒い人型兵器を中国は『土木機械だ』と主張し、魚釣島へ上陸させて『自国領土を地ならししているだけだ』と言い張る」という見方だ。

未確認物体の急襲に、海上保安庁の特殊警備隊や、沖縄県警の機動隊がもし出動したとしても歯が立つわけが無い。あの巨大な棍棒で……。

それでも中国共産党は『これは領土の地ならし』と主張するだろう。地ならししているところに、入って来る方が悪い。

侵攻ではなく『土木作業だ』と言い張る中国に対し、アメリカ軍は安保条約を適用して動いてくれるのか……？　分からない。奴らに対して日本政府は〈海上警備行動〉を——いや〈防衛出動〉を発令出来るのか。

（……）

ぐずぐずしていたら占領される。

尖閣を中国が占領し、そこに南シナ海の人工島のような〈要塞〉を築いたら——もう取り戻せない。国連で抗議したって、向こうは常任理事国、わが国はいまだ敗戦国扱いだ。

戦争でもしなければ、奪われた領土を取り戻すことは不可能だ。

日本は平和憲法のせいで、戦争は出来ない。

もしも尖閣に中国が〈要塞〉を築き、そこにミサイルを配備したら。アメリカは核保有国同士の正面衝突は避けなくてはならない、やむなく沖縄をあきらめ、グアムまで下がるだろう。でも日本国内には、金銭やハニートラップによって中国に操られる政治家や官僚が山ほどいて、憲法なんか改正出来るわけがない。そのまま沖縄を取られ、九州を狙われ、やがて国内に親中政権が出来て……。

日本が〈新疆日本自地区〉にされるのは、時間の問題だ。あの東トルキスタンで撮影された動画のように、抵抗しても守護騎の棍棒で叩き潰され、多くの国民が『職業訓練所』と称する収容所に入れられて拷問され、ウイグル人たちのように生きたまま臓器を取り出されて売られ……。

わたしの国が、この世の地獄になる。

「……」

もう、地獄は見た。

わたしはまた息をつく。

これ以上は、ごめんだ。

ごめんだ――

そう思った瞬間。

ぐっ、と前方視界が傾いた。

2

「――きゃっ⁉」

後席でリンドベルが、短く悲鳴を上げた。

同時に脚の下からも「きゃ」「きゃっ」といくつかの悲鳴。

無理もない、急に機体が大きく右へ傾き、身体の浮くようなマイナスGと共にダイブに入ったのだ。

ざぁああっ
コマンドモジュールを包み込む風切り音。

急降下。

わたし自身、そんな急機動をするつもりはなかった。

しかし
「みんな、ごめんっ」

わたしは操縦席から全周視界の右下を睨み、右手の統制桿でさらに機体を海面方向へと突っ込ませながらわびた。

「そこらにつかまってて」

「――姫様?」


ごめんだ。

唇を嚙む。

この世の地獄なんか、ごめんだ。

わたしの見た地獄――

あれは、高校二年の終わりだった。

あの〈災害〉……。でもその渦中で、助けてくれる人たちはいた。地震と津波がおさまれば、被災地を皆が支援してくれたし、わたしの家族も捜索してもらえた（見つからなかったけれど）。

しかし、日本が中国に占領されたら――

わたしたちにとって『生き地獄』は未来永劫続く。

国民皆が、東トルキスタンの人々と同じ目に……。

それを考えた瞬間、勝手に右手が動いていた。せっかく巨大エアバス機の腹の下にくっついて飛んでいた体勢から、機体をひるがえし右バンクでダイブ――真下の海面をめがけ急降下に入っていた。

機体を突っ込みつつ、さらに左手の推力桿を前へ。

ズグォッ
頭を下げながら、さらに加速。風切り音が猛烈な唸りに変わる。

ゴォオオオオッ
「ノワール」

「何だね」

猫は、わたしの横の側面コンソールパネルの上にちょこんと乗ったまま、一緒に前方を見ている。前方視界が海面ばかりになっても、驚いた風情はない（もともと驚きとか、感情があるようには見えない）。

速度がみるみる増加し、機体が揺れ始める。

「騎士よ。急降下するのか」

「そうよ」

「どこへ向かう」

「尖閣」

わたしは右手で右急降下の姿勢を保ち、ダイブさせ続けながら猫に問うた。この機体で、空中でスピードを出すのはこれが初めてだ。

「教えて。この機は、速度はどれくらい出るの」

「どれくらい出る、とはどういう問いかね」

「質問を変える。最大速度——空力上の限界速度は？」

「それなら、音速のやや下だ」

猫は片方の後足で顎の下を掻きながら、前方を見ている。

「一般的な守護騎の飛行速度は亜音速が限度だ。音速に近づくと、磁場繭《コクーン》でも空気抵抗を消去できなくなる。機体振動に注意するがよい」

「――」

また、わけがわからない――

いや、限界速度が亜音速、ということは理解した。

振動に気をつけろ。

それは分かる。急降下に伴う危険。飛行開発実験団のテストパイロット養成コースではF2戦闘機を急降下させ、わざとフラッターを起こさせる訓練をやった。機体を急角度で突っ込み、速度が空力的設計限界に近づくと、まず主翼端が振動を始める。それは機体の分解につながりかねない危険な兆候だ。徴候を体験して、そうなりかけたら速度をおとせ、と教わった。

（現在位置は……？）

位置は――渤海湾から、黄海《こうかい》へ出たところか……？

傾いて流れる視界の中、方位環が廻り、〈S〉の文字が目の前に来るところで、右手の統制桿を中立へ戻して機のロールを止める。機首下げ姿勢はそのままだ。

機首下げ姿勢は保持し、マイナス二〇度くらいの降下角で突っ込んでいくと、前方視界が海ばかりになったコマンドモジュールはゆさゆさ揺れ、風切り音とともに細かく震動し始めた。

「姫様?」

後席で、リンドベルが心細そうな声を出す。

突然に、わたしが機体を急降下へ入れた真意が分からない、という感じだ。

「リンドベル」

わたしは右手にフラッターの兆候のような震動を感ずると、左手の推力桿を引き、アイドルへ絞った。

こいつの操縦系統は、わたしたちの世界の航空機で言うフライバイワイヤに近い。おそらく統制桿からは電気信号のみをコントロール系へ伝え、どこかで人工知能が姿勢制御をしている。

しかし、細かい震動は機体構造を介し、サイドスティック式の統制桿に伝わって来る。それはF2でも同じだった。ケーブルで動翼と機械的に繋がっていなくとも、フラッターの兆候は右手のひらに感ずる震動で摑む。

ピッ

推力桿を戻すのと同時に、目の前に迫って来る青黒い一面の海面に重なって黄色い文字が浮かび出た。

〈RELEVER〉

ピピッ

明滅する。

〈ＲＥＬＥＶＥＲ〉

ＲＥＬＥＶＥＲ――引き起こせ、か。

海面に近づいている。

高度を表示させるやり方は分からないが。

このエクレールブルーにも、地表との衝突を回避するため搭乗者に警告するシステムはあるらしい（おそらく電波高度計があって、地表との接近率を測っている）。

わたしは右手の統制桿を少しずつ引く。機体は鋭く反応し、前方視界で青黒い壁のようだった海面が下向きに流れる。

ざぁあああっ

風切り音と共に額の上の方から水平線が下がって来る。

右手の統制桿を少し戻し、水平線が目の高さに来たところで、止める。ほとんど同時にコマンドモジュールの脚の下すれすれのところで海面の接近が止まる。

真下の海面との間合いを測りつつ、ゆっくり左手の推力桿を前へ。

ズゴォオオオオッ

海面上超低空、水平飛行。

速度はほぼ亜音速か。

今やコマンドモジュールの前方視界は、青黒い水平線が真横いっぱいに広がり、前方から脚の下へ猛烈な勢いで海面が押し寄せる。細かく上下に震動するが、これはフラッターではない、海面の波のせいで細かい〈地面効果〉の震動を受けている。

水平線に重なり、正面には方位環の〈S〉の文字。

ほぼ真南へ向かっている。

(高度は)

高度は目分量で、五〇フィートくらいか……。

わたしは本来イーグル・ドライバーで、F2乗りではない。海面上超低空といっても、このくらいだ(本職のF2乗りならもっと低く下りるだろう)。

でも中国と韓国の防空レーダーに引っかからず黄海を南進するには、この程度でも何とかなるはず……

このまま南へ向かおう。

「リンドベル、聞いて」

わたしは右手と目で機の姿勢を維持し、海面との間合いを保ちながら後席の少女を呼んだ。

「はい、姫様」

「戦闘になる前に、なんとかしてあなたたちを安全な場所へ降ろすわ」

「戦闘、ですか」

少女は聞き返す。

「でも姫様はさっき、『みんなで帰る』って」

「――」

「心配はない――って」

わたしは答えようが無い。

異世界から来たという少女たち。この子たちは後席に座るリンドベル・ギルヴィネットひとりを除き、みなわたしを『アヌーク姫』と思い込んでいる。

アヌーク姫は、家来の少女たちに慕われる存在であったらしい。

アヌーク・ギメ・オトワグロ。

年齢はたぶん、わたしよりも若い。最初にこの機体に入った時、コマンドモジュールの後席で息絶えていた黒髪の姫……

（とにかく）

この子たちを、どこか安全な場所へ降ろさないと――

どうする。

頭の中に、また地図を描く。

このまま真南へ進むと、おそらく中国大陸と朝鮮半島との間を通り抜け、沖縄と台湾の間のどこかの海域へ出る——亜音速なら、一時間ちょっとだ。

その辺り——東シナ海へ達するまでに、どうするか考えなくては。

正確な航法はできない（地図上の自分の位置を『ブタ勘』で推測するしかないのだ）。尖閣諸島の魚釣島へ——つまり〈奴ら〉のいる戦場の島へ、ピンポイントで到達するのは無理だ。

（自衛隊の支援は、要る……）

シュエダゴンの群れと戦うにしても、支援してもらう必要はある。でも通信手段はない。戦場へ正確に到達できる航法手段もない。

「リンドベル」

南西諸島海域へたどり着くまでに、なんとか考えるしかないだろう。そう思いながら、わたしは後席の少女を呼んだ。

控えめな声音で呼んだので、リンドベルも「はい」と小声で答える。

「何です、姫様」

「下のみんなを、不安がらせないようにする。それは約束する」

「はい」

「その代わり」

「――？」

少女の息遣い。

わたしは、自分が本物の〈アヌーク姫〉ではないことを自らの言葉で明らかにした。

この黒髪の女官見習の少女も、そのことはすでに察していた。でも仲間を混乱させないため、黙っていた（賢い子だ）。

リンドベルとわたしは秘密を共有した形だ。

「その代わり、教えて欲しいことがある」

「何でしょう」

「あなたたちの――いえ、あなたのことを聞かせて」

日本の国家に、この子たちの保護をしてもらわなくてはならない。

そのためには、十一人の少女たちの素姓について、説明出来るようにしておかなくては――

（――あぁ、面倒くさい）

わたしは統制桿を保持したまま、唇を嚙む。

異世界から来た少女たち。

ミルソーティア……？　その世界はそう呼ばれるのか。

どこにある、どんな世界なのだ。

地球上にある国ではない。

次元を異にして、どこかに存在しているのか。


不可思議だが。

でも現実だ。

わたしが今、操縦して飛ばしている守護騎――この人型機動兵器の存在自体が、その世界の実在を証明している。こんな巨大ロボット（しかも空を飛ぶのだ）。こんなものは、地球上のどこの国も、企業も、造ることは出来ない。

ことの発端は……。

（……）

わたしは思い出す。

今回、わたしがこんな〈大冒険〉をしなくてはならない羽目に陥ったのは。

そうだ。

あるアジア系航空会社の旅客機が一機、南シナ海で消息を絶った〈事件〉が発端だ。

マグニフィセント航空のエアバスＡ３３０は、深夜にシンガポールを発ち、北京へ向かう途中で消息を絶った。国際協力で大捜索をしたにもかかわらず、残骸の一片すら発見されなかった。しかし、その数日後。当該エアバス機が中国大陸の奥地の密林で擱座《かくざ》しているのを、わが国の衛星が偶然に発見した。

エアバス機は、密林の樹木の上にまるで『置かれた』ように止まっていた。その双発のエンジンは、消息不明から十日を経たのに、アイドリングで廻り続けていた。

そしてさらに不可解だったのは、その機体の周囲を飛び回っていた奇妙な〈影〉の存在だ。奇妙な〈影〉――背に翅《はね》を広げた『人型の機械』のようなものが二つ、衛星からの画像に映っていた。

旅客機の機体の長さと比較して、大きさは二〇メートルくらい。二つの人型は絡み合うように跳び回り、互いに『格闘』しているように見えた。

衛星が次の周回で撮影した時には、二つのうち大きめの一つは画面から去っていた。小さめの一つが、密林の中、半ば仰向けになって樹木にめり込むように擱座しているのが観測された。

それが――

（――）

わたしはちらと、視線を下げた。

操縦席を囲むコンソール。左右から、わたしの手に握られるために生えている推力桿と統制桿。様々な色の握りのついた補助操作レバー群、スイッチ類……。

右手の前にある、赤くて円いやつはこのコマンドモジュールのハッチを開閉するボタンだ。非常の場合に脱出するのに便利なように、赤くてよく目立ち、拳で叩けるように出来ている（〈ＥＮＴＲＥＥ〉という表示がある）。

「……」

あの密林に擱座していた人型の機体は、これだ……。

これそのものだ。

わたしは受領したてのＦ35ＢＪを飛ばし、洋上の〈ひゅうが〉へ赴かされた。飛行開発実験団の上からの指示で、洋上の母艦での運用試験をする、という名目だった。

ところが――

「リンドベル」

わたしは口を開き、続けた。

「わたしはね」

「――はい」

「わたしは、音黒聡子」

「？」

少女のけげんそうな息遣いが、右の耳の後ろでする。

わたしは構わずに続ける。

「サトコ・オトグロ。本当の名はアヌークじゃない、サトコ。二人きりの時は、そう呼んでいいわ。わたしはこの機体を調査するよう命じられ、あの高原の盆地へ戦闘機で飛んで行ったの」

「――調査、ですか」

「そうよ」


あなたのことを話せ、とリンドベルに言ったが。

いつの間にかわたしは、自分の出自、そしてあの大陸奥地の盆地の密林へなぜ出かけたのを口にしていた。

「わたしは音黒聡子二等空尉。日本という国の」

あれ……

自らの名を口にしかけ『あれ？』と思った。

家名の響きが似ているのは、偶然か。

音黒家は藤原氏の傍流で、中世に貴族から武士へ転じた家系だと、父に聞いていた。

東北地方には、わたしのように彫りの深い、日本人離れした容貌の人間が時々いる。

秋田あたりの海岸線にロシア人の船員が漂着して、その血が入った家系があるからだ、と言われる。わたしの家も、そうなのかもしれない。平安時代くらいまで遡ると……。

「わたしは日本という国の、空軍士官。パイロット。テストパイロットをしているわ」

「……国？」

少女は、小声で訊き返した。

「国、というのは貴族家ですか」

「いや、貴族家ではなくて——」

わたしは言いよどむ。

「貴族家ではなくて、国よ」

「国？」

「あなたのミルソーティアは、国ではないの？」

「……」

Pays（国）という単語が、少女にはわからないらしい。ミルソーティア人とは、仏語でほぼ普通に話せると思っていたが——

「ミルソーティアは、世界です」

少女は答えた。

「征服府のある地球のことをミルソーティアと呼びます」

「征服府のある、地球……？」

「そうです」

少女はうなずく。

「〈界梯樹〉のそのほかの地球は、それぞれ〈界《スフィル》〉と言い表します。今、わたしたちのいるこの界は〈青界〉です」

「……」

今度はわたしが首を傾げる。

そういえば、〈青界〉という単語……。これまでに、幾人かの口から自分の耳に入った記憶はある……。

「ミルソーティアは、国ではないの？」

「国って、何ですか」

「……」

そうか——

思い当たった。

ひょっとして、中世以前の欧州か。

国という概念が無い……。

これでも、桜蔭《おういん》時代は、国立大学の受験向けに日本史も世界史もやっていた。

歴史の教科書によると。

わたしたちが普通に『国』と呼ぶ、国民が主権を持っていて、ちゃんと国境があり領土が定まっている『国民国家』の形態が出現したのは、そう昔のことではないのだ。近代になってから——十八世紀後半のフランス革命の後からだ。

それまでの欧州には、王家はいくつもあったが、今の意味で言う国家は一つも無い。各王家、貴族家の領地は欧州各所に散在していて、実ははっきりした『国境』も存在しなかった。領地の境界があっただけだ（昔の日本が、多くの大名によって割拠されていたのとあまり変わらない）。王や貴族階級と、それ以外の平民たちの人口比は二対九十八。平民は領民と呼ばれ、王家や貴族家に所有されて、耕作に従事させられた。戦争は、王に雇われた傭兵《ようへい》が行なった。

傭兵は商売だから、自分たちが死ぬような目に遭うことはお互いにやらない。だから中世までの欧州では、領土争いにおいては死なない程度の小競り合いが繰り返され、いつまでも決着はつかず、王家と王家との戦争状態が数十年も続くことはざらだった。そんな中、フランス革命は、思想家により啓蒙された平民の勢力——革命家たちよってなされた。

革命家たちはルイ王朝の人々を皆殺しにして王家の財産を奪って得たが、今度は怖くなった。なぜかというと次に出て来る次の革命家たちによって今度は自分たちが殺され、せっかく得た財産をまた奪われる、と考えたからだ。自分たちがしたことは、いつか他人もするだろうという恐怖だ。

そこで革命家たちは人民に対して『奪った王の財産は、国民みんなのものだ。我々は、国民を代表して管理するだけだ。この国の領土も富も、国民みんなのものだ』と宣言して恨みを買わないようにした——これが『主権を持つ国民』の始まりだ。

それまでは王や領主に所有される私有財産だった民衆が、いきなり『君たちは国民だ』と言われたのだ。

それでも革命家たちは思想によって分裂し内紛したので、傭兵の中から飛び抜けて優秀だったナポレオンが出て、内ゲバをやっている革命家たちを一掃し皇帝の座についた。

ナポレオンは、時代に逆行しなかった。自分が王になろうなどとは思わず『私は君たち国民の権利を認める。フランスはみんなの国だ。みんなで戦って、領土を大きくしよう』と呼びかけた。

するとと平民から軍隊へ入る志願者が殺到し、ナポレオンの軍隊は『自分たちの国ために命がけで本気で戦う』軍隊になった。

これが、周辺の王家の軍隊とは比較にならぬほど強かった。一方は商売で、死なない程度に戦う傭兵。一方は『自分の国』のため命がけで本気で戦う国民兵だ。

欧州内の各王家は、急速に『国民国家』に変わらざるを得なかった。国民国家が戦争に無茶苦茶強い、ということが分かったからだ。戦争は、本気の殺し合いとなり、短期間で決着がつくようになった。多くの王家が、王の地位は残すけれど議会に権限を預ける立憲君主制へ移行した（ただ、フランス革命が、教育を受けた平民によって起こされたことから、各国ともアジアなどに所有している植民地での現地人への教育だけは絶対にしようとしなかった。海外領土において、現地の人々への教育を熱心にしたのは大日本帝国だけだ）。

国民国家と、そうでない国の戦いというのは、わが国の歴史で見ると日支事変がそれに当たる。大日本帝国は立憲君主制の国民国家だったが、中国大陸は軍閥《ぐんばつ》と呼ばれる戦国大名のような勢力に割拠されていて、人権を持った国民も存在しない（統一政府もなかった）。当時南京にいて、一番大きい軍閥だった国民党政権は、その辺ののっぱらにいた農民を無理やり狩り集めて兵隊にしていた。蔣介石の率いる国民党軍は、ドイツに支援を受けて装備は一応立派だったが、兵たちは隙あらば逃げ出そうとしたので、背後から督戦隊《とくせん》と呼ばれるエリート部隊が銃で脅かさないと戦おうとしなかった。それでも精強な日本軍と対峙すると兵たちは我先に逃げ出し、それらを背後から督戦隊が片っ端から撃ち殺した。勇気がどうとかいう前に、兵たちは何のために戦わされるのか分からず、党のために死んだところで何の補償もない。国民党軍の兵は、日本軍にやられた数よりも督戦隊に背中から撃ち殺された数の方が多かった、という説まである。

現在の中国でも。

人民という言葉は使われるが、『国民』という言葉は聞かない。

半世紀前のベトナムとの紛争において負傷した元解放軍兵士の老人たちが、党から補償を受けられず大都市の街頭でデモをしているニュース映像を見ると、昔と変わっていない気がする――

「リンドベル」

わたしは訊いてみた。

「あなたたちの世界で、人々に人権はあるの」

「？」

少女は、背中で首をかしげる気配。

「あの、人権って……」

3

やはり。

(そういうことか)

何か、摑めた気がした。

後席の少女——リンドベル・ギルヴィネットはミルソーティア世界の貴族家の女官見習で、わたしから見ても賢い子だ。

でも『人権』という言葉を知らない。ドロイド・オム(ヒトの権利)という言葉を振っても、背中で「それは何のこと?」と首を傾げる仕草をする(気配で分かる)。

「ノワール」

わたしは猫を呼んだ。

「教えて」

「何だね」

「ミルソーティア征服軍は、どうやってこちらの世界へ来たの」

「第八ヌメラエントリ・システムによってだ」

ヌメラエントリ――また出て来た。

「それって、何」

「ミルソーティアと、他の〈界〉との間に次元回廊《コリドー》を開く」

「回廊？」

「回廊だ」

回廊……。

「でも」

わたしは訊き返す。

「回路は寸断されてたって、あなた言ってなかった？」

「空脈のネットワークは、四〇〇〇年前の〈大接触〉ですべて破壊されたが、オトワグロ家が第八システムを発掘し、修復した。まだ能力は出し切れず不安定だ。回廊は瞬間的にしか開かぬ。翔空艇や守護騎は通行できる。しかし戦艦サイズを通すのは難しい」

「あなたも」

わたしはちら、と猫を見た。五〇フィートの超低空だ。前方からは猛烈な勢いで白波が押し寄せる。海面との間隔を保つため、前から目は離せない。

「あなたもその回廊を通って来たの」

「命を受け、密航した」

「？」


わたしは眉を顰《ひそ》めるが、視線は前方へ向け続けなくてはならない。右手の神経と、目の神経をリンクさせて機体姿勢を維持しないと——気を抜いたら海面に接触する。

中国や韓国の防空レーダーをかわすために亜音速で、超低空をぶっ飛んでいる。風切音はコマンドモジュールを包み込んでいる。細かい振動も続く。そのせいでか、小声の会話は周囲には聞こえない。

「姫様」

背中から、リンドベルの声が訊いた。

「さっきから、猫に話しかけているのですか」

「あ、えぇ」

わたしは生返事する。

しゃべる猫。

このノワールは、少女からはどう見える。

だが

「その猫は、何なのです。姫様の横で、さっきからニャアニャアと鳴いているわ」

リンドベルは不思議そうに言う。

「まさか、猫とお話ができるとでも？」

「え」

わたしは目をしばたたくが

（――）

だが、その時。

目に何かを感じた。

水平線の上、何かいる――

視神経が『異和感』と共にそれらを捉えた。

何だ。

遥か前方。海面に、無数に何かが。

点のように小さなもの。無数に、海面いっぱいに……？

（!?）

目を見開くと。

(う)

少し眩しい。

目を凝らす。逆光になった水平線上に、ふいに出現した無数の点のようなものは、みるみる近づいて来る——いやこのエクレールブルーがそれらに近づいて行く。

針路は真南に取っている。時刻は、頭上の太陽の位置から、正午過ぎか(つまりわたしは早朝に天安門広場を見下ろす博物館の一室で目覚め、一連の戦いを午前中の数時間で行なったわけだ)。遼東半島の辺りでは、白く霞のかかったような空だったが、南へ下るにつれ空は青くなる。水平線の向こうは陽光に照らされ、逆光の中だ。

エクレールブルーは亜音速で一直線に南下している。あそこから先は南の海だ。

「——姫様?」

後席からも、見えて来たのか。リンドベルが「あれらは何ですか」と問うような声。

あれは——

前方、白く陽光を跳ね返す海面——その一面を埋め尽くす無数の尖った小さな影。

(あれは)

舟……か?

無数の影は、小さな――漁船？　そう感じるのと同時に、前方からわたしの足下へ無数のくすんだ色の影が吸い込まれるように押し寄せ、たちまち後方へ吹っ飛んでいく。

ブン、ブンッ、と空気が唸る。

ゆさっ、と揺れる。

「くっ」

統制桿を握り、姿勢を維持。

海面上の無数の突起物を跳び越す時に地面効果が変化し、機体は突き上げられるように細かく揺れた。

「姫様、すごい数の小舟」

リンドベルが驚いた声を出す。

「右も左も、いっぱい」

わたしには周囲を見回す余裕はない。

しかし海面を埋め尽くすのは小型船――たぶん漁船だ。凄い数だ、それは分かる。

たっぷり数秒間、コマンドモジュールの前方視界は左右いっぱいまで海面を埋め尽くす小型漁船の群れで埋め尽くされ、それらはわたしの足の下を次々に後方へ、流れるように通過してたちまち見えなくなる。

亜音速で、群れを跳び越したのだ（真下にいた何隻かは、この機体のダウンウォッシュを食らっただろう）。

「まずい……」

思わず、口をついて出た。

わたしは右手の統制桿で姿勢を保ち、海面上五〇フィートの超低空を維持しながら、つぶやいていた。猫に言ったのでも、リンドベルに言ったのでもない。

確かめるように、つぶやいていた。

「漁船の群れ――みんな同じ向きを向いてた」


わが国周辺の洋上には、いくつか『好漁場』と呼ばれる海域がある。日本をはじめ周辺国からも多くの漁船が集まって漁をする。例えば日本海のイカの漁場などは、夜は無数の漁船の灯火によって上空からは星団のように見えるという。

しかし今の舟の群れ……。

群れを跳び越す際、全体の様子は目に入った。

それぞれの、小型漁船。

漁場で魚を獲っているのであれば、すべての舟の向きが一方に揃っている、ということはあり得ない。

長さ一〇メートルかそこらの小さな漁船の群れは、船団を組むかのようにすべて舳先を一方向へ――このエクレールブルーが進むのと同じ真南へ向け、航行していた。スクリューを回して前進している状態であることは、各船の後尾に白い泡が一様に立っていたことで判別できる。

漁船の群れは、南へ向けて集団で移動している――

(ここらへんは、どのへんだ)

遼東半島沖からは、だいぶ下ってきた。

しかし航法手段がないので、自分の位置がわからない。ずっと前方が東シナ海で、このまま行けば沖縄と台湾の中間辺りへ出る――おおまかに、分かるのはそれだけ。

いま跳び越した船団が、どこへ向かっているのか。

まさか。

ひょっとして――

日本政府は、この動きを摑んでいるのか……？

――『十万人でも来るぞ』

またNSCの男——黒伏の言葉が蘇る。

〈ひゅうが〉CICの暗がりで聞かされた、言葉。

——『安全が確保されれば、今度は褒美欲しさに一万人どころか十万人でも来るぞ』

安全が確保されれば……。

「……」

思わず、唇を嚙む。

今の無数の漁船——やはり尖閣へ向かっているのか。

中国では、人民解放軍の傘下に〈海上民兵〉がいる。

正規の兵隊ではなく、求めに応じて非合法工作をする、という。

中国共産党は、海上民兵を漁民に偽装して（というか、普段から工作をしていない時は漁をしているらしい）、尖閣諸島へ上陸させ、占拠しようと企んでいる——

この懸念については、わが国のマスコミでもよく話されて来た。沖縄へ台風が来た時が危ない。漁船に乗った民兵たちが『嵐に遭って避難した』という口実で、尖閣諸島の例えば魚釣島へ上陸を強行する。そして、後から『漁民を救助する』という口実で解放軍の艦艇がやってくる。『人道的救助活動だ』と言い張り、人民解放軍の艦艇――強襲揚陸艦などがついに島へ横づけする。だが彼らは漁民を収容しても帰らない。そのまま居ついて、漁船の避難施設が必要だという口実で、島で建設工事を始める。初めに港湾施設が造られ、ヘリポートが造られ、そしてレーダー基地、しまいにはミサイルが配備される。

だが、黒伏の分析では。

これまで、さんざん偽装漁民による強行上陸と占拠の可能性は喧伝されて来た。しかし台風の時に、港もない岩だらけの島へ偽装漁民が上陸することはないという。なぜなら、日支事変の頃に国民党が駆り集めた農民兵と同様、海上民兵たちには嵐の海で危険な上陸をして、もし死んでも、何の補償もないからだ。上陸に成功すれば褒美は出るのだろう、しかし自分の生命をかけてまで共産党のために戦おう、などと思っている中国人はあの大陸に一人もいない。

民兵たちは、かつてのベトナムとの紛争で負傷し、障害が残っても党から何もしてもらえない退役軍人を見ている。ああはなりたくない、だから『褒美をやる』と言われても従わない。

かといって、共産党は正規軍を出して島を攻略したりは出来ない。そうなれば、いくら日本政府でも〈防衛出動〉を発令して自衛隊を出動させ、戦争になる。戦争になれば安保条約によって、アメリカが引きずり出されて来る。

尖閣諸島におけるわが国の実効支配はこうして、これまで危ういバランスの上に保たれて来た。

だが。

（シュエダゴン十数機が、島に強行着陸したら）

やばい――

今朝、天安門から飛び立っていった黒い守護騎の群れ――あの十数機の量産型が一斉に魚釣島へ着陸して『地ならし作業』を始めたら。

話は、全く別になる。

わが国の海保も、沖縄県警の機動隊も、あの棍棒の前にはひとたまりもない。

天候は、いま目の前に広がっている通りだ（悪くない）。

身の安全が確保されれば、今度は民兵たちは褒美欲しさに、一万人どころか十万人でも押し寄せる――

「――シュエダゴンが島へ着陸した後」

思わず、予測が口をついた。

「押し寄せて上陸するつもりだわ」

「何のことかね」

　横で、猫が訊く。

　不思議なことに、他の人間には言葉ではなく「ニャア」という鳴き声に聞こえるのか。定かでないが、猫はわたしのつぶやきに反応した。

「騎士よ。今の小舟の群れが、君にとって不都合ならば。反転して、殲滅することは可能だ」

「でも」

　わたしはまた唇を噛む。

　たった今、あの群れの中の数隻を、直上通過のダウンウォッシュによってひっくり返し、航行不能にしたかもしれない……。

　実はそんなことさえ、わたしはちょっと「しまった」と思っている（振り向いて確かめたりする余裕もないわけだが）。

「……できない」

　わたしは頭を振る。

「やれないわよ」

　日本の航空自衛隊の幹部として。

　小火器で武装はしているかもしれないが、こちらから見れば無防備の漁船だ。

電磁砲を使ったりすれば、皆殺しにしてしまう——いや、土台、数が多すぎる。

その上、たったいま飛び越した船団以外にも、別のグループが別方向から尖閣へ向かって移動中かもしれない。

「やらないのかね」

「わたしのすることじゃない」

「結構だ」

猫はまた、右の後足で顎の下をカリカリと掻いた。

「君は、習わずとも〈騎士の規範〉を身につけているようだな」

「——?」

「合格だ」


「な」

何を言っている……?

それよりも。

この情況——中国共産党と結託したミルソーティア征服軍の量産型守護騎十数機が、魚釣島へ着陸しようとしている（いや、もうしている可能性が高い）。それに引き続き、海上民兵の漁船の群れが大挙して島へ接近中という事実を、日本政府に知らせ、対処させなくては。

すでに手遅れになりつつある。

一番手っ取り早い、確実な方法は……？

そして出来れば、わたしが戦闘をすることになるとしても。その前に下の女の子たちを安全な場所へ降ろしたい。

どうすれば――

「――ノワール」

「何だね」

「さっきから、どれくらい飛んだ？　急降下に入ってから」

わたしは猫に訊きつつ、自分でも短い記憶を反芻した。

遼東半島の南側を通過する航空路から、右ダイブで離脱して、海面すれすれへ降りた。あれからどれくらいの距離を飛行した……？

「三八分と三〇秒だ」

猫は即座に応えた。

いや待て。時間の数え方って、ミルソーティアとこっちの世界で変わらないのか。同じでいいのか……？

ゆっくり確かめている暇は無い、でもだいたい、わたしの感覚とも合う。

「わかった」

わたしはうなずいた。

「あと五分間だけ、このまま直進する」

頭の中に、また航空図を描いた。

遼東半島の南から、針路一八〇度、六〇〇ノット余りの速力で四〇分――

間もなく、韓国の済州島の遥か西側を、南下しつつ通過する。もう少し進めば……

「直進した後、どうするかね」

「上昇するわ」

わたしはちら、と頭上を見やる。

天候はいい――

高層雲も出ていない。

「一気に高高度へ上がる」

もう少し南下したら、日本の防空識別圏の北側の縁に引っかかる……。

そこまで行って、高度を急激に上げれば。おそらく宮古島のレーダーサイトか、あるいは警戒飛行隊のE767でも滞空していてくれれば探知してくれる。

「そうか」

猫はまた後足で顎を掻く。

「好きにしたまえ」

「ノワール」

「何だ」


わたしは、疑問に思っていたことを問いにした。

「質問に答えて。あなたは」

ちらと、肘掛け式のコンソール、そして両手で握っている統制桿や推力桿を見た。

数日前から、さまざまな戦闘をくぐり抜け、それらは手に馴染みつつさえある……。

でも、これに乗れるようにしたのは。

「あなたは、何なの。何のために来たの。わたしに――」

わたしに、何をさせようというの。

そう口にしかけ、言葉が止まる。

そうだ。

操縦席に座る自分。飛行服ではなく、まだマグニフィセント航空のチャイナドレス風のＣＡの制服のままだ。

奴らは。

このわたしを、何と呼んだ……？

あの狼男――デシャンタル男爵はわたしのことを。

確か、〈螺旋《らせん》の騎士〉……？

「私はエール・アンブラッゼ二号機の有機体プローブだ」

いつかも聞いた言葉。

それを黒猫は繰り返した。

「君は、私の仕える十八代目の〈螺旋の騎士〉だ。私は、君を本来の使命のもとへ導くよう命ぜられた」

「螺旋の――騎士って」

ピッ

訊き返そうとした時。
ピピッ
（――!?）
何だ。
頭上からの音が、わたしの言葉を遮る。

また、あのアラーム音。

磁場索敵儀か……！

周囲の空間にいる飛行物体の存在を、パッシブに探知し、音でその方向を知らせる。距離はどうやって知るのか――？　分からない（F15のTEWSのように、脅威の存在方向のみを知らせるのか）。

機体姿勢がぶれないよう細心の注意は払いながら、音のした方角――右後ろ上方を振り仰ぐ。

（――あそこか）

ピピッ

ピピッ

見えた。

遥か上方だ。雲一つ無い蒼空――高度は三〇〇〇〇フィートくらいか。白い筋が二本、わたしの右後方から右前方へ、蒼い天井のような中を斜めに横切って行く。

（航跡雲か）

いわゆる飛行機雲だ。二本。

双発機か。

いや、編隊を組んだ二機か……。

わたしは目をすがめる。二本の白い筋の間隔を目で読む。一機にしてはわずかに広い、近接編隊を組んだ二機の戦闘機かも知れない――

ピピピ――

見ているうちに、二本の白い筋はわたしの頭上を右方向へ伸びて行き、そのままうっ、と消えて行く。

「――」

わたしは息を止めるようにして、白い筋が曲がらずにまっすぐ伸びて消えて行くのを、見送った。

あの二機は、通りかかっただけか……？

さっき北京を脱したところは、人民解放軍のレーダーには捉えられていないはず。エアバスの腹の下にくっついて、民間航空路伝いに脱出して来た。あのクワラスラミ家の老婆のような医官も、人民解放軍も、わたしの行方をいったんは見失ったはずだ。

ここは公海上だ。

今のあれが何だったのか、分からない（編隊を組んでいたとすれば軍用機だが）。

戦闘機だとすれば、日本の自衛隊ではない。

ここはまだ防空識別圏の外だ——それに空自の編隊ならば、あんなふうに航跡雲を長々と曳いて飛ぶような、みっともない真似はしない（空自であれば、通常は航跡雲の発生に気づいた編隊長は速やかに高度を変えて雲を曳かないようにする）。

軍用機だったとすれば、人民解放軍か、韓国軍だろう。

たった今、漁船の群れを飛び越した。何らかの報告は、海上民兵をコントロールする組織へあげられた可能性は高い。しかし漁船に乗る民兵たちは『味方の巨大ロボットが魚釣島へ着陸する』と伝えられているのだろうから、背に翼を広げて飛行する人型の機体に驚いたとしても、この機を『味方』と思ったかも知れない。

「リンドベル」

わたしは考えるのをやめ、背後に呼びかけた。

「下へ降りて、みんなに伝えて」

「は、はい」

後席で少女がうなずく気配。

「何を、お伝えしますか」

「これから、みんなをわたしの〈城〉へ連れて行く」

「お城、ですか？」

「そうよ」

わたしはうなずく。

「城へ連れていく。もう少しの我慢だと。それから――」

「はい？」

「――リンドベル」

わたしは、ちらと振り向くと、少女の顔を見た。

蒼い目が、見返して来る。

不安げな目――しかし大丈夫だ、視線はそらさずに、ちゃんとわたしを見返す。

「いいこと。これから先、いろいろなことが起きる。大変なことも。でもあなたがみんなをまとめるの。たとえわたしが居なくなっても、あなたが全員を護りなさい」

「は、はい」

少女はうなずいた。

「分かりました、姫様」

「いいわ。行って」

「ノワール」

少女が後席から、球体のコマンドモジュールの底へ下りて行くと。

わたしは頭の中で経過時間を計り、現在位置を推測しながら、横の猫へ告げた。

「話はたくさんあるけれど、後で聞く。もうすぐ、日本の防空識別圏にかかる。上昇するわ」

4

「上昇する」

わたしは球体空間の底にいる女の子たちにも聞こえるように、声を上げた。

「どこかに、つかまりなさい」

言うと同時に、右手首をこじるようにして統制桿を引きつけた。

途端に
ぐううっ、と前方視界が下へ吹っ飛ぶように動き、シートに押し付けられるG。海面が視野の下側へ消え去る。

不意の下向きGに、足下から「きゃ」「きゃっ」と小さな悲鳴。

ごめんよ。

心の中で詫びながら、わたしは左手の推力桿を前へ。全開。

ぶぉおおっ

空気を切り裂き、人型の機体は天を向いて行く。垂直になったか――と感じる辺りで統制桿を止める（実際にはピッチ角四〇度くらい。Ｆ15のアフターバーナー全開の急上昇に近い）。

速度は――おちない。

とりあえず、わたしは覚えている感覚に従い、エクレールブルーを推力全開、ピッチ角四〇度の急上昇に入れてみた。

この姿勢は、わたしが小松基地でアラート待機の任についていた頃、ホット・スクランブルがかかって緊急発進する時のイーグルの上がり方だ。Ｆ15Ｊはアフターバーナー全開、ピッチ角四〇度の上昇姿勢でマッハ〇・九六をキープできる。三〇〇〇〇フィートまで昇るのに約二分だ。

（上昇性能――Ｆ15と遜色ない……？）

わたしは目を見開く。

真上を向くような操縦席の視界に、前方から薄い雲の層が迫って来た――と思うと一瞬で突き抜け、真っ青な空間へ出る。

あとはもう、機体の周囲は空だけだ。

エクレールブルーは、その蒼空の只中へぐんぐん昇って行く。

風切り音の勢いはそのまま。速度計が見当たらないので、感覚で測るだけだが、速度が減る感じがしない――

守護騎を急上昇させてみたのは初めてだが……。

「――この動力は、いったい」

思わず、つぶやいていた。

いったい、何なんだ……。

「MC機関だ」

横で、猫が言う（天を突くような姿勢になっても、器用にサイドコンソールに乗っかって一緒に前を見ている）。

MC機関……？

そういえば、さっきも出てきた言葉。

「……MC機関って」

わたしは疑問を口にする。

「何かを、燃焼させている感じもしないし――エネルギー源は電気だって言うし」

「磁場によって機体の上下に空気の圧力差を造り出し、浮揚させる」

「……？」

猫は、質問すると一応答えてくれるのだが。

説明が、よく分からない。

磁場……？

いくらなんでも、人型の機体だ。こんなものをどうやって、亜音速で飛ばしているのか……？　空気抵抗はどうやって相殺するのか。

機体の姿勢制御は――舵や動翼なんて、ついている感じではない。なのに、右手の統制桿の微妙な操作に呼応し、この機体は機敏に宙で姿勢を変える。テストパイロットの視点から言えば、コントロール・インプットへの反応は極めて良い（そうでなければ亜音速で超低空なんて、怖くて飛べない）。

考える間に、感覚で高度は一〇〇〇フィートを超え、二〇〇〇フィートに迫る。

（三〇〇〇くらいまで上れば、日本の防空レーダーには確実に探知される……）

わたしは前方視界のあちこちへ目をやりながら、思う。

機体を上昇させるのは、日本の防空レーダーに探知してもらうためだ。

防空システムが、この機体を『南下して来る国籍不明機』として捉えれば。

何せ、トランスポンダー（航空交通管制用自動応答装置）はおろか、まともな無線すら積んでいない。このエクレールブルーは立派な国籍不明機――未確認飛行物体だ。

航空自衛隊は、未確認機の接近をレーダーで捉えた場合、領空への侵入を防止するため自衛隊法による〈対領空侵犯措置〉を実施する。この辺りならば那覇基地から、要撃戦闘機の編隊が緊急発進――スクランブルに上がる。

つまり空自のＦ15が二機、向こうからやって来るのだ。

わたしはただ、日本の防空識別圏の中を南下し続ければいい。あとは向こうから見つけてくれる。

(三〇〇〇フィートくらいでいい。そろそろレベルオフ（水平移行）させよう)

水平飛行に入れよう――そう思った時。

わたしの頭にふと、一つのアイディアが浮かんだ。

こいつに、インメルマンはできるか……？

インメルマン・ターン。

戦闘機のやる機動の一つだ。

できるんじゃないのか。マイナスＧをかけずに済むし――

(やってみよう)

戦闘機を急上昇から水平飛行へ移すときに、やり方は二つある。

一つは、推力を絞って機首を下げる。

普通のやり方だ。しかし上昇率が極めて大きい場合、この方法では機首下げに伴って、大きなマイナスGがかかり、身体が浮く。血液が頭に昇って、程度によっては目の前が真っ赤（レッドアウトという症状）になる。危険だし、推力を絞るから機体の持つ運動エネルギーも減る。

一方、もう一つのやり方としては上昇姿勢からインメルマン・ターンに入るやり方がある。

これは、機首上げ上昇姿勢のまま、飛行ベクトルは変えずにまず機体をくるりと背面にする。そこから機首を起こす――機首を『上げる』ことによって、背面姿勢のまま水平飛行へ移行するやり方だ。

こうすると、機体に対しては下向きのプラスGがかかるので、危険なレッドアウトにはならないし、推力を絞る必要もないので運動エネルギーも減らない（ただし守護騎は亜音速が速度のリミットらしいから、機体が振動しないように推力程は徐々に絞らないといけないだろう）。

よし……。

わたしは目を閉じ、これまでに戦闘機乗りとして慣れ親しんだ機動を、頭の中にイメージした。

四〇度機首上げの姿勢から、飛行ベクトルは変えず、軸周りに機体を一八〇度回転させ背面に――

「――」

目を開け、まずフットペダルに置いた両足の親指に均等に力をこめ、視界の左右の端を掴むようにして、同時に両目でも視界の両端を掴む。頭の中で『こうなれ』と念じながら統制桿を握る右手首をくねらすようにこじった。

「廻れ」

クルッ

（――えっ⁉）

わたしは目を見開く。

目の前の視野が、一瞬でひっくり返り、逆さまになったところでぴたりと止まった。

嘘。

こんなに、反応がいい――⁉

右手のわずかな動きに呼応し、エクレールブルーの機体はくるりと軸周りに回転をして、ぴたりとわたしの所望の姿勢になってくれた。

「凄い」

足下からはまた「きゃっ」と悲鳴が上がるが、今度は詫びるのも忘れてしまう。

そのまま、右手を引き付ける。

ぐううっ、と視野全体が下向きに流れ、頭の上から逆さまの水平線が降ってくる。

下向きのGがかかり、シートに押し付けられるのを感じながら右手首を前へ戻す。

逆さまの水平線は、わたしの眉間のすぐ前でぴたり、と止まる。

娘たちの悲鳴は聞こえるが、普通に機首下げをしていたら、そんなものでは済まないのだ。ハーネスで体を固定していない少女たちは、浮き上がって壁面のあちこちに体をぶつけただろう。

わたしは右手首をまた左へクッ、と一瞬だけこじった。

クルッ

目の前の水平線が、一瞬で回転する――反射的に手首を戻すと、水平線がまともな向きでぴたりと止まる（いや、このエクレールブルーがひらりと軽快に、宙で軸周りに半回転して順面姿勢へ戻ったのだ）。

わたしは息を呑む。

（いったいこれ、どうやって）

ピピッ
これは、ひょっとしたら戦闘機よりも優れた機動性能かもしれない……

なぜなら。三〇〇〇〇フィートの高高度では、空気密度が薄いので、戦闘機と言えどもあまり敏捷な姿勢変化はできない。一五〇〇〇フィートくらいの中高度であれば、F15で操縦桿を鋭く倒し、エルロンをフルに切ることをすれば二秒ちょっとで軸廻りに三六〇度、機体を回転させられる。

でも高高度では、動きはやや鈍くなって、フル・ラテラルスティック（操縦桿をフルに横へ倒すこと）でも軸廻り三六〇度の一回転に四秒はかかる。

（下手をすると、イーグルよりいいぞ、機動性……）

ピピピ

舌を巻いていたので、どこかで鳴っている警告音に気づくのが遅れる。

あの男——〈ひゅうが〉に乗り組んでいる主任技師のジェリー下瀬に、こいつを見せたら何と言うだろう。きっと『俺のいたスカンク・ワークスでもこんな代物は』

——

ピピ

ピピピピッ

（——!?）

重なって鳴る警告音に、ようやくハッ、と我に返った。

何だ。

また磁場索敵儀か。

前方から――?

「――」

音のする方向へ目をやる。

どこだ。

さっきのように、どこかに索敵儀の探知した飛行物体がいる。

方向は前方、やや左……。ピピピという警告音は二つ（あるいはそれ以上）重なって、せわしなく聞こえて来る。

どこにいる。

目を凝らすが、前方には蒼い空間が広がるだけだ。探知された飛行物体の高さは……? 水平線の上、あるいは下、どっちだ……?

(目視圏外か)

目視で相手機が見える距離、というものがある。

条件により変わる。

上空では、航空機の姿は、航跡雲を曳いているか、あるいは夜間に灯火を点けているのならば二〇マイル以上離れていても目視で発見出来る。

しかし昼間、雲も曳いていないのならば、空中にある航空機の姿は一〇マイルの間合いまで近づかないと肉眼ではなかなか見えない（それが戦闘機サイズならなおさらだ）。

（――いくらなんでも）

わたしは眉をひそめる。

タイミングが早過ぎる……。

空自のスクランブル機が『迎え』に来るにしては、早い。

わたしの所属する航空自衛隊には、自衛隊法第八十四条――〈対領空侵犯措置〉の規定がある。スクランブルの規定だ。

それには『要撃機は未確認機に対し、領空外へ出るよう警告する』か、その機が警告に従わない場合は『国内の飛行場へ誘導して強制着陸させる』と書いてある。

この守護騎を見たF15のパイロットは、自分をコントロールしている横田の総隊司令部中央指揮所《CCP》へ通報し、指示を仰ぐだろう。

警告に従わず（というか、無線がないので従いようが無い）、針路を変えずに飛んでいれば。

いずれ規定通りに、翼を振るなどして誘導をされ、どこか日本国内の飛行場へ連れて行かれることになる。

その際は、さっきの北京でのような危険——いきなり撃たれる危険性は無い。

相手が自衛隊である限り、撃たれる心配は無いのだ。

なぜなら。法の縛り（平和憲法に基づいて決められた自衛隊法）があって、政府から〈防衛出動〉が発令されない限り、陸・海・空各自衛隊は武器を使用して誰かを攻撃することが出来ない。スクランブル発進してきたF15も、相手に対して武器を使用出来るのは、自分自身が攻撃され生命が危ない時の『正当防衛』の場合のみだ。

この点、平和憲法とか、そういうもののない普通の国では違う。日本以外の国では、軍の現場の指揮官には〈行動基準（ROE）〉が与えられており、一定の条件を満たせば発砲することが可能だ。

しかしわが国の自衛隊にだけは、それがない。現場指揮官は勝手には撃てない。憲法九条で『国際紛争を解決する手段としては武力を永久に放棄』しているからだ。平時においては政府——つまり官邸の総理大臣が『わが国が侵略を受けた』と認め、〈防衛出動〉を発令しない限り、たとえ相手が変な真似をしても銃弾一発として撃つことは出来ない。

「――見えない」

わたしは左前方へ目を凝らすが、何も見つけられない。

「遠いのかしら」

「ならば」

横でまた猫が言う。

「電磁砲を選択すればよい」

「電磁砲……？」

そうか。

そういえば、北京の地上での戦闘でも使った。

あの照準システムのようなもの――

（――）

わたしは左の親指で、推力桿の横腹を探る。すぐに突起が指に触れる。前方へ押す。

カチリ
いつ、このスイッチを元へ戻したのか憶えていない。天安門でアグゾロトルを撃破し、戦闘ヘリを排除するのにも使った電磁砲（おそらく回転式多砲身レールガン）はいつの間にか、機体の左肩の収納部へしまわれていた。

スイッチを入れ直すと。

〈ＣＡＮＯＮ〉

視野の正面に黄色い文字が浮かんで二度明滅し

パッ

パパッ

すぐに左手前方、水平線よりもやや下の位置に紅い円環が二つ、目を覚ますように浮き上がった。

（あそこか）

二つの円環。それらは戦闘機のＨＵＤに出て来るターゲット・ボックスと、おそらく同じだ。

さっきも使った。

磁場索敵儀の捉えた空中目標の位置を、視界の中に表示してくれる。

もしもその空中目標を攻撃したければ、円環が正面に来るように操縦しながら接近し、統制桿の蓋を弾いてトリガー・ボタンを押せばいい――

同時にコマンドモジュールの左上で、機構の働く気配がしてガシッ、という響きが構造を伝わって来た。

砲身が露出したのか。

「見つけた」

紅い円環の中、目を凝らすと、点のように小さな黒い物がポツッ、と浮かんでいる。これか（遠方に見つける航空機は、どのような色の機体でも初めは黒い点として目に映る）……。

紅い円は、二つ重なっている。二機いるのか……？

（……）

目で追う。

二つの円の動き——わたしの視野の左前方、水平線よりやや下の位置から、右方向へ急速に移動している。こちらは真南へ進んでいるから、向こうは東から西方向へ——日本の領空線を左横に見る形で進んでいる。

（領空の外側を、領空線に沿って飛んでいる……？）

相対距離は、ぐんぐん近づいていく。高度は、わたしよりもやや下——二五〇〇〇から三〇〇〇〇フィートの間くらいか。

速度は。

さらに目で追い続ける。速さは、こちらと同等だ。飛んでいる高度からして、亜音速のジェット機だろう。

「ジェット機の編隊……？」

軍用機か。

ついさっきも、二機が連れ添って、頭上を斜めに通過して行った。

あれらは、どこの所属だろう。

この辺りの空域は、日本の防空識別圏の北の縁にあたるが、まだ公海上だ。どこの国の軍用機が飛んでいてもおかしくはない……。

二つの紅い円は、わたしの正面を右方向へ通り過ぎる――

「――⁉」

あれは……？

正面を通り過ぎる辺り（おそらく間合い一五マイルくらい）で、紅い円環に囲われた鋭い尖ったシルエットが見えた。

形が見えた。

（――双尾翼の機体……⁉）

わたしは目をしばたたくが

ピピッ

同時に二つの円環はふいに分離し、四つに増えた。

（……四つ？）

さらに目で追う。

正面から右手の方へ移動していく、円に囲われた小さなシルエット――尖った形状が見えた。

（戦闘機か）

双尾翼、双発の戦闘機だ。二機が近接した雁行隊形で編隊を組み（間隔が近いので、遠くからは一つの反応に見えた）、西――いや太陽の位置から測って南西の方角へ進む。

さらに二機が、それらの左横にいる。

一機は、先行する雁行編隊の真横につき、もう一機がやや後方にいる。後方の一機は、少し高いポジションを取っている。

「……⁉」

これは。

わたしは、息を呑んだ。

この陣形は。

そう思った時、反射的に右手が動いた。統制桿を右へわずかに。

ぐっ、と視野全体が左へ傾き、横向きに流れる。

四つの紅い円環――機影を囲む照準マークが、互い違いに並ぶ形で、わたしの正面に来る。

統制桿を戻す。水平姿勢に。

もっとはっきり見たい。

そう思うと本能的に、左手の推力桿を前へ出していた。

ウォオッ、と足下で機関（ＭＣ機関というらしい）が唸りを上げ、背中をシートに押しつける加速Ｇ。

視野の正面、こちらから見てやや低い位置に展開する四つの機影を、追う。

風切り音が再び大きくなり、前方の四つの円環は、たぐり寄せられるように近づく。

（速度リミットは――まだ大丈夫か）

音速少し手前の速度リミットまでは、まだ余裕があるのか。右手には震動は来ない。

守護騎は快速だ。前方、約一五マイルにいた四つの機影に、真後ろ上方から追いついていく。どんどん追いつく。間合いが詰まる。

近づき過ぎてはいけない。

わたしの中で、勘のようなものが教える。

そうだ。

目の前に展開する、この陣形――

ここで今、行なわれているのは。

5

今、わたしの目の前で行われているのは――

（――）

青黒い海原を背景に。

前方、やや低い位置に展開し、浮いているように見える四つの機影。

その最後尾――最も近い一機まで、間合い約一〇マイル。

近づいていく。

あの機は……。

考えかけ、ハッとする。

（……そうだ、近づき過ぎちゃ）

左手の推力桿を、中間位置へ絞った。ほとんど同時に、目の前に浮かぶ四つの円環の色が変わった。紅色から、緑に。

近づくのが、止まる。

わたしから見て、最も近い一機――間合い八マイルくらいに浮かぶ機影を囲む円環が、絞り込まれるように回転して明滅した。

ピッ
〈ＬＯＣＫ〉


明滅する緑の円環に囲われる機影。

もう、はっきり見える。

淡いグレーの機体だ。左右の主翼上面に、日の丸。

(日の丸――)

わたしは目をしばたたく。

Ｆ15だ。航空自衛隊だ……。

見間違いようもない、わたしがさんざん乗って飛ばして来た機体。

そして、その前方で雁行編隊を組む二機は――あれらはシルエットが少し違う。双尾翼に双発ノズルは同じだ、しかしＦ15よりやや大きく、輪郭が『猫背』のように見える。

雁行編隊の左横に浮かんでいる、もう一機の空自のＦ15と比べても明らかに違うシルエット（当然だ、日本の機体じゃない）。

（あれは）

スホーイＳｕ27……か？

いや違う。目を凝らす。カナード（先尾翼）がついている――機首の両横に、小さな三角翼が突き出ている。特徴的だ。

あれは……Ｓｕ33、いや中国製の殲15か……!?

主翼にぽつん、ぽつんと小さな赤い星のようなマーク。中国機だ。

「……」

わたしはまた息を呑む。

やはり。

ちら、と周囲を見回す。

青黒い空間。この辺り――この空域は、すでにわが国の防空識別圏内だ。

防空識別圏は、沿岸から一二マイルの領空線の外側に設けられたバッファー・ゾーンだ。通常は沿岸から二〇〇マイル以内の空域。

ここで領空線を左横に見るように、南西方向へと進む中国機が二機。

それらと、領空線との間に割り込むようにして並行に飛ぶ空自のF15が二機。F15の一番機は、中国機の編隊の真横に並び、二番機はやや後方、少し高いポジションについてバックアップしている。

この陣形は、疑いようもない。〈対領空侵犯措置〉だ。

情況は、こうだろう。北方の中国大陸から、あの二機の中国機が、わが国の領空へ向かって接近して来た（わたしのように南下して来た）。

航空自衛隊の防空レーダーがそれを探知し、ただちに横田の地下にある総隊司令部中央指揮所（CCP）が那覇基地に命じて二機のF15をスクランブル発進させた。

あの二機のイーグルは、わたしの仲間だ。CCPの誘導に従い、那覇から長駆飛び、接近する中国機二機の前方に割り込む形でインターセプトした。これ以上、領空へ近づかないよう警告している――

（――）

わたしも、飛行開発実験団へ配属される前までは、小松基地で日常的にアラートの任についていた。目の前の二機のイーグルと、同じことをしていた。

わたしの在籍していた第六航空団――日本海に面した小松基地でも、頻繁に北方から国籍不明機は飛来した。

わたし自身、Ｆ15で何度もスクランブルに出た。

日本海では、飛来した未確認機のほとんどが――というか、全てがロシア機だった。電子情報を収集していたのか、わが国の防空識別圏の中を、領空線すれすれまで近づいて来た。

それを、目の前の二機のように、フォーメーションを組んで牽制をした。ロシア語で警告を繰り返すと、やがて銀色の大型電子偵察機は昆虫のような機首をめぐらせ、北方へ帰って行った。

しかし。

（――）

わたしは目を上げ、太陽の位置を確かめる。

いや、太陽で確かめる必要もない。目の前に方位環が浮いている。〈Ｓ〉の文字がわたしの左斜め前にある――

（――針路は南西、二四〇度くらい）

このまま進むと……。

二機は領空線とは並行に飛んでいない、斜めに領空へ向かっている。

まだ視界に、陸地や島は見えてこない。しかし、今の方角へ進めば、いずれ南西諸島のどこかの島の一二マイル以内の領空へ、斜めに突き刺さるように侵入する。

わたしが小松で相手にしていたロシア機は、情報収集が目的で来た。ほとんどが大型の電子偵察機だった。

しかし目の前にいる中国機は戦闘機だ。

「そうだ」

わたしはまたハッ、と気づく。

空自は、魚釣島へ来襲するシュエダゴンの群れへ、スクランブルをかけたのか……？

「……いや」

「騎士よ。何を案じている」

横で、猫が問う。

「私の蓄積した知識では、あれら四つの飛行機械のうち二つは、共産党のものだが──形状の違う二つは、君の味方かね」

「そうよ」

わたしはうなずく。

「F15イーグル。わたしも乗っていた。仲間よ」

「ならば」

猫は、顎で前方を指す。

「加勢してはどうか。戦闘が始まるようだ」

「え」


訊き返す暇もなく。

視界の中で、何かが動いた――

「――!?」

瞬きする間に、情況が動いた。

先頭のＳｕ33――いや殲15の一機がふわっ、と上方へ舞うような動きを見せると、宙で軸廻りに一回転してＦ15の一番機の真後ろへぴたり、と食いついた。

「あっ」

八マイルあまり前方で白い閃光がパッ、とひらめいた。殲15の猫背のようなシルエットの左肩部から、すぐ前のＦ15の尾部を繋ぐかのように一筋の閃光がほとばしった。たっぷり一秒間。

音も聞こえてこない。パパッ、と何かが砕け散った。次の瞬間にはＦ15の一番機がクルクルッ、とフラットスピンのような不規則な回転をすると、視界から左方向へ横っ飛びに吹っ飛んで消える。

「あっ……！」

殲15二番機はクルッ、と機体をひっくり返すと下側へおちるように回転した。

同時に殲15の二番機も動いていた。

しまった、と口にする暇もない。

「――し、しまっ」

わたしはまた声を上げる。

同時に、反射的に統制桿を左前方へ突っ込み、推力桿を前方へ叩き出した。

ウォンッ

MC機関が反応し、青黒い水平線が右へ傾きながらせり上がる――

髪の毛の逆立つようなG。

ざぁあっ

足下でまた「きゃあっ」と悲鳴、でも構ってやる暇も無い。わたしは前方約八マイルに浮かぶF15の二番機のテイル目がけ、エクレールブルーを斜めにダイブさせた。

加速。

ざぁああっ

「死角に入ったぞっ」

聞こえないと分かっていても、叫んでいた。

「下だ、機首の下だっ」

機体をひっくり返して下を見ろ、下方へ潜り込んだぞ……！

航空自衛隊では、スクランブルに出る時、一番機には経験の十分あるパイロットが搭乗し編隊長を務めるが、二番機には新人が乗ることが多い。

わたしから見て最も近い位置──つまり四つの機影の最後尾にいたF15の二番機は、一瞬、固まったように見えた。

無理もない。〈対領空侵犯措置〉に出て来て、いつものように中国機へ警告をしていたら、いきなり向こうが動いて、撃って来たのだ。

編隊長の一番機に、殲15の一番機がいきなり鋭いバレル・ロールで食いつくと、真後ろの至近距離から機関砲を発射した。スホーイ、いや殲15なら三〇ミリだろう。あんな近くからたっぷり一秒間も撃ち込まれたら（少なくとも五〇発は浴びた）、アルミ合金の機体はひとたまりもない──

「──くそっ」

二機の殲15は、申し合わせたように連携して動いた。向こうの一番機がF15の一番機に不意打ちを食らわせると、同時に殲15二番機も軸廻りに回転しながら下方へおちるように動き、後方やや高い位置にいたF15二番機の機首の下――下方の死角へ潜り込んだ。

クルクル回転しながら急激に速度をおとし、後方へ下がりながらF15二番機の腹の下に入ってしまう。

F15二番機は、一瞬固まったように見えた。

殲15二番機の姿が、見えなくなったのか。

しかし次の瞬間には事態に気づき、動いた。

情況が分からなくなった。しかし、わけが分からなくなったら離脱する。とにかくその場から脱する――戦闘機パイロットの空戦での鉄則だ。

F15二番機の後姿は跳ねるような動きで左へロールに入り、ほとんど背面になりながら左下方へ離脱しようとする。その機体尾部から白い火焔の粒が花火のようにパパパッ、と撒き散らされる（フレアを撒いた）。しかし――

「機動が甘い」

わたしは叫んだ。

「逃げろ、最大Gかけて逃げろっ」

叫びながら、統制桿を荒っぽく叩くように操り、F15二番機と殲15の二番機がおよそ自分の正面に来るようにする。がく、がくっと強い横Gがかかる。視界が横向きにずれる。足下で娘たちが悲鳴を上げるが仕方ない。

「くそ」

視界が揺れ動き、左下方へ背面ダイブして離脱しようとするF15と、下側からその尾部へ食いつこうとする殲15二番機が重なるように目の前に来る。

ざぁああっ
風切り音が凄い――だが守護騎はわたしの思い通りに機動し、二機の真後ろへ急加速で追いついていく。

右手の親指で、統制桿の頭にある蓋を弾くように開ける。

電磁砲。

だが
ピピッ
〈LOCK〉

何だ。

「……!?」

緑の円環は、背面で逃げようとするF15二番機の後姿を囲ったものが明滅している。

その下側から、殲15二番機が浮かび出るように現われ、真後ろへ食らいつこうとするが――

どちらも、緑の円環に囲われるが。

電磁砲の照準は、先を行くF15の方に合ったままだ。

「な」

「騎士よ」

横Gの繰り返しも何とも無いかのように、サイドコンソールに乗っかった猫が言う。

「電磁砲の照準は、一度ロックした標的からは外れぬ。兵装選択をリセットするがよい」

「――それを、早く」

早く言え。

悪態をつく暇も無い、わたしは右手で前方に絡み合う二機を追いながら、左手の親指で推力桿の横腹のスイッチを探り当てると、一度後方へ戻し、入れ直す。

ピ

ピピピ

6

ピピ――

前方視界では、水平線はもうずっと頭上で斜めに傾き　目に入る視野はすべて下方――青黒い海面だ。

左下から右上へ激しく流れる、青黒い壁のような海原を背景に、左ロールで背面姿勢になったF15の後姿が斜め下へ逃げていく――背面のまま、海面へ向けて引き起こすような機動だ。

ざぁあああっ

視界は斜めに、吹っ飛ぶように流れる。イーグルは腹を見せて逃げていくが、わたしの視野の右下から、もう一つの双尾翼のシルエット――殲15の後姿が割り込むようにせり上がる。

殲15は腹を見せて逃げるイーグルに、やはり自らも背面になりながら食らいつくように重なる。

「ま」

左手の親指で、スロットル――ではない推力桿の横腹にある兵装選択スイッチをクリックし直すと。

二つの機影を囲んでいた緑の円環はフッ、と消える。

「待てぇっ」

右手の統制桿をさらに左下へ。

待て……！

ざぁあああっ

視野の中を、海原がさらに激しく流れ、マイナスGで髪の毛が逆立ち、シートから身体が浮く。チャイナドレスのようなCAのコスチュームのままだ、スカートがまくれあがるが気にする余裕も無い。

ピピ

いったん消えた緑の円環が、ひと呼吸おいて、前方視界の中の二つの機影を囲むように現われるが

「……！」

遅い。

目の前で殲15の軸線が、腹を見せたイーグルの機体に合う――

やばい。

そう思った瞬間パパッ、と白い閃光が猫背の戦闘機の左肩部分でひらめく。

（くそっ）

間に合わない、わたしは左手の推力桿を叩くように全開、右手の統制桿を殲15の尾部の双発ノズルへ向け突っ込む。

アフターバーナーを炊いている、ピンク色の火焔を吐き出す二つの噴射口が目の前に迫り、わたしの眉間に当たる――

「――みんな、つかま」

言い終える前に
ドシィンッ
見えない壁に当たったたかのように、コマンドモジュール全体が衝撃を受け、わたしは後ろ向きにシートへ叩きつけられた。

「うぐ」

その拍子に、右手が統制桿からすっぽ抜ける。

（し――）

しまった……！

ぶぉっ

いったい、どんなぶち当たり方をしたのか……⁉

全周視界が上から下へ吹っ飛ぶように流れ、凄まじいGが身体をシートへ押し付ける。目の前はすべて空になったかと思うと、次の瞬間にはすべて海原になって上から下へ激しく流れ、また空だけになる。

(縦に、回転している……⁉)

まずい。

エクレールブルーの人型の機体は殲15の尾部に『追突』し、そのまま宙をのけぞって、縦向きに回転し始めた。

ぶぉおおおっ

(……)

わたしは目を見開く。

まずい、このままでは。

目の前を流れる海面は、現われる度、近くなる。エクレールブルーはのけぞるように縦向きに回転しながら落下している。

海面へ向け一直線――

わたしは顔をしかめ、右手を伸ばす。Gがかかっている。重い……

息も出来ない。

「く……くそっ」

右手の指が統制桿にかかる。

摑んで、押す。

「止まれっ」

ぐぐっ
反応はいい。下向きにかかっていたGが緩み、縦向きの機体の回転が止まる。

ふわっ
今度は身体が浮く。

横で黒猫が、前足の爪で器用にサイドコンソールにつかまって逆立ちのように浮いた体軀を止めているのがちら、と目に入る。

だが視界の上下の動きは止まったが、目の前が全部海だ。

「――⁉」

真っ逆さまに海面へ突っ込んでいく。

「くっ」

反射的に右手首をこじる。

引き起こす。

ざぁああっ

また下向きG。

再び視界が下向きに流れ、頭上から水平線と空が降って来た。

水平線が目の高さへ来たところで、手首を戻し、止める。

「はぁっ、はぁっ」

まともなGに戻る。

沈降が止まったことを体感しながら、推力桿を戻す。

海面、すれすれか……？　見回すと、足の下がさっきと同じ、一面の白波だ。

エクレールブルーは、静止していた。Ｆ35ＢＪが着艦前にホヴァリングする時のように、海面上の低空の宙に止まっていた。

「はぁっ」

わたしは肺に空気を送り込みながら、身体を起こして全周視界を見回す。

ピピ
（ど、どこだ）

あの二機は、どこだ……⁉

ピピピ

ミルソーティアの技術である磁場索敵儀は、音で周囲の飛行物体の位置を教える。

ピピ

ピピ

「──はっ」

音源が、二つ聞こえる。

二つ……。

一つは九時方向──左手だ。

目をやる。上か？　視界の上──頭上からくるくる不規則に回転しながら、幾何学的な形をしたものが落下してくる。

淡いグレーの機体。

Ｆ15だ。

「くそ」

やはり、やられたか。

しかしわたしは殲15が撃つ瞬間、奴に『追突』した。そのせいで機関砲の射弾は瞬間、Ｆ15二番機からそれたはず。

数十発をまともに食らうことはなかった。イーグル二番機は、真後ろの死角から撃たれ、尾翼か主翼端かどこかを吹っ飛ばされ、そのまま宙をもんどりうって不規則な発散運動——デパーチャーに陥り、落下し始めた。

縦向きスピンに入ったエクレールブルーの方が、先に海面近くへ降りた格好だ。

Ｆ15二番機は、わたしの後から落下して来た。

「くっ」

反射的に、統制桿を左へこじる。

ぶんっ、と視界が瞬間的に右横へ流れ、左手の空間が目の前に。

エクレールブルーは海面すれすれの宙に浮きながら、機体を左へ向き直らせた。

「見事な操縦だが」

横で、猫が顎の下を掻きながら言う。

「どうするつもりかね」

「何とかして」

わたしは視線を上げたまま、左手で推力桿を出す。

ウォンッ

ＭＣ機関が唸り、再び海面が前方から足の下へ、吸い込まれるように流れ込む。

人型の機体は、宙を海面すれすれに進み始めた。

「何とかして、助ける」

どうする。

まだわからないが、行かなくては。

さらに推力桿を出し、加速。

空気が濃いせいか。ぶぉおおっ、という風切り音が大きい。

間に合うか……⁉

さらに加速。

頭上から落下して来るＦ15二番機の姿が、自分の眉間のちょうど前へ来るように右手の統制桿を引く。

ぐうっ、と水平線が下側へ沈み込む。

上昇に入る。

（――）

受け止められるか。

また〈勘〉のようなものが『気をつけろ』と教える。

気をつけろ。

この戦場には、まだ〈敵〉がもう一機いる――

(――わかってる)

心の中でうなずく。

忘れてはいない。

わたしは機首を起こし、エクレールブルーを上昇させながら、視線を一瞬だけ、右後ろ上方へやる。

耳に感じるピピという警告音は、二つ。

二つのピピは、前方頭上からのものが強い。

一方、右後方、高い位置から聞こえて来るピピは、勢いが小さい――

(――遠い)

兵装選択は〈電磁砲〉のままだ。

磁場索敵儀の捉えた空中目標は、全周視界の上で、色付き円環に囲われる。ちらと目に入った右遥か上方の円環は、紅い。

円環が紅いのは、たぶん電磁砲の射程外にいるのだ。

一瞥で、間合いを読む。

紅い奴は遠い。高度は二〇〇〇〇フィート超、距離は——少なくとも一〇マイルは離れている……。

二つのほかに、索敵儀の反応はない。

（あれは）

あの上の奴は、殲15の一番機か……？

前へ向き直りながら、思った。

さっきわたしのぶつけた殲15二番機——あのぶつかった奴は、直後、空中で分解したと見ていい。

こちらは守護騎（仮にも『巨大ロボット』）だ。かつての山中の戦闘では、ミル24からの対戦車ミサイルの直撃に耐えた。

高空・高速で、あれだけのぶつけ方をした。アルミ合金の航空機など、分解していておかしくない。

今、あそこ——後ろ遥か上方に捉えられている紅い円環の囲む飛行物体は、さっきの奴らの編隊の一番機、殲15一番機に違いないだろう。

奴が、どのような兵装を携行しているのか知らないが、もしもこちらを攻撃しようとしても、熱線追尾ミサイルは射程外。レーダー誘導の中距離ミサイルを携行していたとしても、こちらは海面を背にしている。照準なんかできっこない。

時間の余裕は、ある――

ぶぉおおっ

推力桿を全開、右手で機首を、くるくる回転しながら落下して来る機影に向ける。

急速に近づく。

形状が、はっきり見えて来る。

やはり、そうか。

F15は、垂直尾翼の片方がなくなっている。フラット・スピンに斜めの回転も加わり、二つの回転がミックスされた運動だ。

（くそ、あれでは）

やはりデパーチャーしている。操縦不能状態だ、しかもあの様子ではコクピットには上下左右から凄まじいGがかかっている。あれではベイルアウト（脱出）など無理だ――

（――）

二番機に搭乗しているのが新人であるなら、わたしの後輩だ。顔を知っているパイロットかもしれない。

どうする。

右手で、回転しながら落下する機影に機首を向け続ける（少しずつ、機首を下げ続けなくてはならない）。

考えるうちにも回転する機影は、急速に大きくなる。

同時に視野の下側から、青黒い海面がせり上がって来る。

やばい。

「くっ」


わたしは右手をさらに押し、落下して来る機体と、下側からせり上がる海面との隙間に割り込むように機首を突っ込んだ。

海面と、頭上を交互に見やる。

回転する機体の運動方向を見切る――真っ逆様じゃない、あれでも角度を持って斜めに落下している。統制桿で、機首方向を調整。運動軸線を合わす。

目の下で、せり上がる海面がカク、カクと細かく傾く。

目を上げる。

同時に、日が陰る。

回転する機体の真下へ入った。相対位置を保つように推力桿をやや絞る。速度が合う。空中会合する軸線に乗った。

頭上から、唸る空気の音まで聞こえるようだ。

こうするしか、ないか……⁉

水平線の位置を摑んだまま、視線を上げ、タイミングを測る。

来た。

（……！）

宙でもんどりうつＦ15――片方の垂直尾翼のないイーグルの機体が、唸りを上げながら頭上に被さる。

「お」

大きいじゃないか、思ったより……！

ぶぉおっ
今だ。

落下する機体の真下へ、エクレールブルーを突っ込ませると、わたしは下側からすくい上げるイメージで統制桿を引きつけ、同時に両足のフットペダルを強く踏み込んだ。

「――止まれっ」

途端に

　ががががっ

「うぉわ」

　頭上から叩きつけられる、凄じい衝撃でコマンドモジュールが激震した。ハーネスを締めていなければ、操縦席から放り出されていただろう。

　両足を踏ん張り、統制桿を握る右手を動かさずに歯を食い縛った（何かしゃべると舌を噛む）。

　足下からは絶叫に近い悲鳴。申し訳ないが、仕方ない——

　持ちこたえろ。

　頭で念じる。

　安定翼を背に広げたエクレールブルーは、回転しながら落下して来たF15の下側へ潜り込み、その機体を背中に受け止める形で『止めた』。

　だが

「——くっ」

　押し下げられる。

　まずい。

　目のすぐ下から、青黒い海面がせり上がり、たちまち目の高さへ上がって来る。

わたしは統制桿を、背に受けた重みを支えるように引きつけ、左手の推力桿を全開まで入れる。

「と、止まれっ」

第Ⅲ章　イニュメーヌの少女

1

「止まれっ――!」

左手で推力桿を全開、右の脇をしめて統制桿を引き付け、上目遣いに水平線を睨みながらわたしは『止まれ』と念じた。

実は、飛行機というものは『こうなれ』と念じると、自然にそうなる。

操縦の、一つの〈極意〉と言っていい。

不思議ではない。

機体が自発的にそうするのではなく、操縦者の全身の神経にしみこませた操作感覚が、総動員されて無意識のうちに手足を動かし、イメージ通りの姿勢や運動となるように操縦桿やラダーペダル、スロットルを操作させる。

こうなれ、と思いながら無我夢中に操縦して、機体がその通りの挙動をしたとすれば、その操縦者は愛機のコントロールをほぼ手にしたと言っていい――

ずがががっ

(……!)

ほとんど目の高さにせりあがった海面が、左へ斜め横向きに滑る。

く、くそ……！

エクレールブルーは、背中に受け止めたF15の機体の重量と慣性で激しく揺さぶられ、斜めに横滑りしつつ海面に向かって押しつけられるように沈み込んだ。

ががっ

「く、くそ」

両足を強く踏み込む。

足下でＭＣ機関（猫の説明では『機体の上下に磁場で気圧差を生じさせる』らしい）が唸りを上げ、もう自分の足が波頭を擦るか――!?　と感じた瞬間、沈降が止まる。

ウォオオオ

「は、はぁっ」

思わず、肩で息をする。

「と」

止まった……。

（……）

宙に停止する感覚。

「ふむ」

横で猫が顎の下を掻く。

「見事な操縦だ」

ゆっくり、浮き上がり始める。

(うっ)

あまり動いてはいけない、せっかく受け止めた機体を振りおとしてしまう……

わたしは目の前の水平線が一定の高さに落ち着くように、推力桿を絞る。

「はぁっ、はぁっ――」

呼吸を整えながら、目を上げると。


「――!?」

瞬間、目を見開いた。

何だ。

これは――

コマンドモジュールは日が陰ったままだ。

無理もない、全周視界の天井――わたしの頭上いっぱいを、くすんだ灰色の機体が覆っている。

　Ｆ15イーグル――

　それも『裏返し』だ。

　Ｆ15二番機の機体は上下左右にスピンしながら落下してきて、ちょうど海面に向け
『裏面』になった瞬間、下から掬い上げられるようにエクレールブルーの背に受け止められたのか。

　キャノピーが……。

　中が見える。

　エクレールブルーは、裏返しになったＦ15を背負った形だ。

　機首部分が、ちょうどわたしの頭の上にある――球形のコマンドモジュールは全周視界を得ているから、機体を透かして頭上が見える。

　手の届くような近さに、背面になったイーグルのコクピットがある。細長い涙滴型のキャノピー、そして逆さまの操縦席が『見えた』。

　グレーのヘルメットが、すぐそこにある。搭乗員だ。射出座席に五点式ハーネスで逆さ吊りのようになった飛行服姿。わたしがいつも着ていたのと同じオリーブグリーン、二の腕に日の丸を縫い付けたフライトスーツ。

「――おいっ」

叫んだのは、逆さ吊りのパイロットが、手の届く近さにいるように見えたからだ。ぐったりと、動かない。

思わず、わたしは頭上へ右手を伸ばしかける（無意識にそうしていた）。

「しっかりするんだ、しっか――わっ」

ぐらっ

生きているのか、それとも――と思った瞬間。

突然、すべてが傾いた。

エクレールブルーは宙でかろうじてバランスを保っていたのか。ぐぐっ、とよろめくように傾いた。左へ――

「――し」

しまった……！

統制桿から手が離れていた。

慌てて右手を戻し、統制桿を右へこじるが

ずざざざっ

遅かった。

傾きを直す暇も無く、頭の上に被さっていた灰色の機体――日の丸をつけたイーグルは左横へ回転するようにずれ、そのまま斜めに左下へずりおち、頭上から消えた。

ずざざっ

頭上の重量物がなくなり、機体がふわっ、と浮きかける。

「くそっ」

何をやっている。

わたしは統制桿を押し、同時に左手の推力桿を絞る。ぐんっ、と機体が沈降する。

視界の中で海面がせりあがるのと、左下で白いしぶきが上がるのは同時だった。

「……！」

全周視界を見下ろすと、転げおちる時にひっくり返ったか、こちらへ上面を見せたF15の機体が海面に放射状のしぶきを上げ、もがくように沈み始める。

くそ。

何をやってしまった……⁉

自分自身を叱咤しながら、わたしは統制桿で機体を左へ回頭させ、同時に推力桿を調整し、機体の胸部が波頭に触れるくらいの低さ（さっきから超低空飛行をさんざんしたお陰で、海面すれすれで止める感覚だけは摑めている）へ下ろす。

視野の前下方、五メートルくらいの間合いに、着水したF15の尾部が左手から廻るように現われた。白い泡に包まれ、傾いで水中へ没しようとしている――

「――くっ」

右手を瞬間的に統制桿から離すと、統制桿の横から生えている格好の黄色い短いレバーを摑む。

〈腕〉を出すには。

これしかないか……⁉

「ノワール、〈腕〉を使うには〈陸戦〉モードにすればいいのねっ」

「その通りだが」

猫は冷静な声で言う。

「切り替えれば、飛行推力は切れるぞ」

「……」

逡巡する暇は無い。

しかし

（駄目だ、位置を合わせなくては）

右手を統制桿へ戻す。

あれを『抱きかかえる』には、位置が手前過ぎる……。

あと五メートル。真上へ行かなくては。踏み込んでいた両足から力を抜き、推力桿をわずかに出すと、エクレールブルーはＦ35ＢＪがホヴァリングしながら前進する時のように、ゆっくりと前へ進む。

白い泡に包まれる戦闘機の、直上へ。股の下を見て位置を合わせる。

クレーンのゲームか。

一瞬、どうでもいい連想が頭をよぎる。縫いぐるみの真上にクレーンの位置を合わせ、摑み上げる。あのゲームと同じだ。うまく位置を合わせ、目標物を抱きかかえられるポジションで止め、操縦系を〈陸戦〉モードに変える――モードを変えれば飛行推力は切れるから、機体は真下へ落下する。

海中でイーグルの機体を、全没する前に何とかして抱きかかえ、北京でやったようにマニピュレータの固定操作をしてから〈飛行〉モードに戻して上昇する。

Ｆ15のパイロットを助けるには、それしか――

その時

ピピ

「――!?」

背中で警告音。

何だ。

ピピピ
この音は。

はっ、として振り向くと。

ピピピピ
真後ろ、上か……⁉

「⁉」

いた。

紅い円環だ。わたしのシックス・オクロック・ハイ――真後ろ上方にいる。

雲もない蒼空の中、その色がパッ、と紅から緑に変わる。

(しまった)

こっちへ来る。

円環は、わたしの六時方向の頭上に、ぶれながら留まっているかのように見える。色が緑に変わり、警告音だけが大きくなる(つまり後ろ上方からまっすぐに接近して来る)。

円環に囲われ、双尾翼のシルエットがみるみるくっきりする。

やばい。

殲15の一番機だ。

襲って来るか……⁉

「騎士よ。どうする」

猫が訊く。

「どちらにするか、決めたほうが良い」


このままでは的になる。

そう猫は言っている。

振り向いて、迫る〈敵〉に対処するか。

ここで一八〇度回頭し、背後頭上の敵機に対して電磁砲を使うか……⁉

しかし、そうしていたら――

（――沈んでしまう）

腹の下にいるイーグルの機体は、傾いて水没するところだ。左翼を下にして、吸い込まれるように沈む。

「くっ」

わたしは反射的に、右手を統制桿から離すと黄色いレバーを摑み、手前へ引いた。

途端に

ふわっ
機体を宙に引き止めていた上向きの力が消え、真下へおちる――
身体の浮くような感覚と共に、目の前の水平線が瞬時にせり上がった。すかさず右手を統制桿へ戻し、親指と人差し指で輪を作るようにして握る。
同時に
ドシャンッ

突き上げるような衝撃。

シートから跳ね上がる身体を、統制桿と推力桿を握って支え、真下を見る。

エクレールブルーは、水没しかけたイーグルの機体の真上に、腹ばいのような姿勢で覆いかぶさっていた。

涙滴型のコクピットのキャノピーが、わたしのすぐ前に、

(今だ)

輪にした二本の指を、締めるように握る。

ぐがっ
飛行中は、胴体の脇にでも畳まれていたのか。左右の〈腕〉が固定位置から解放され、わたしの指の握る強さに呼応して、素早く腹の下の戦闘機の機体を抱え込む。

沈みかけていたイーグルを、水中に止める。
がしんっ
「よし」
ピピピピッ

「つかまえたっ」

「騎士よ、来るぞ」

横で猫が耳を立て、後方を振り仰ぐ。

「後ろだ」

ピピピピピ
「わかってるっ」

警告音にうなじを刺されるように感じながら、わたしは右手でモード切替レバーの握りを掴むと、九〇度左へ捻った。

マニピュレータ、固定。

切替レバーを、ノッチを越えて前方へ叩き込む。

「飛び上がれ」

飛行モード。

推力桿、全開。

ウォオオオッ
シートに押しつけられるような下向きGがかかり、機体は瞬時に、自らを引きはがすかのように海面から離昇した。

しぶきが飛び散る。

一瞬、目の前が真っ白。

ピピピピピピ
(上がった……!)

エクレールブルーは両マニピュレータでF15の機体を抱えたままだ。

重たい。

ゆっくり上がる。

真っ白いしぶきの中、前方視界の下半分と、下方視界が全部、灰色の機体だ(北京で抱えた攻撃ヘリよりも大きい)。

両足は踏み込んだまま(フットペダルを両足で踏み込むと、飛行モードにおいては磁場推力が真下を向いて、いわゆる『ホヴァリング』の状態になるらしい)、統制桿を今度は強く握って右へこじる。

「よし――廻れっ」

ぐるっ
ピピピピピピ
視野全体が左へ流れ、エクレールブルーは宙で向きを変える。

一八〇度、回頭――

（――！）

しぶきが吹き払われ、わたしの眉間の上――トゥエルブ・オクロック・ハイに明滅する緑の円環。

近い……！

だがわたしは推力桿を少し戻す。上昇が止まる。海面上数メートルの高さを保つ。

「騎士よ、回避しないのか」

「ここにとどまる」

正面上方、緑色のサークルに囲われ、殲15の双尾翼の正面形がはっきり見える。間合い二マイル、いやもう一マイル半。

だが思った通りだ、ミサイルは撃って来ない。

こちらが、ここで動きもしなければ。

こちらは海面に張り付き、今、移動速度ほぼゼロ——止まっている状態だ。向こうのパルスドップラー・レーダーでは捉えることが出来ない。戦闘機の火器管制レーダーは、空中を高速で動く物体しか、照準することが出来ないのだ。

「来い」

レーダー誘導の中距離ミサイルはもちろん、赤外線誘導の短距離ミサイルですら、火器管制レーダーで捉えて距離を測らないと、ロックオン出来ない。

わたしを撃とうとしたって。

今、奴——あの殲15に出来るのは、機関砲の目視照準射撃だけだ。

ピピピピピ

双尾翼の戦闘機のシルエットの両端が、ぶれる円環をはみ出す。

迫る。

ピピ

〈LOCK〉

緑の円環の横に、文字が明滅する。

電磁砲にロックオンした。

右手の親指で統制桿の握りのキャップを弾いて開く。親指の腹に、トリガー・ボタンが触れる。

同時に、はっきりと形の見える殲15——スホーイＳｕ33をコピーした中国製戦闘機の左肩で閃光がまたたく。

「てやっ」

わたしも親指でトリガー・ボタンを押し込む。

機体の左肩が激しく震動し、真っ赤な鞭のような火線が上空へ伸びると、円環に囲われる機影に吸い込まれる。

入れ替わりに白い閃光の筋が、わたしの眉間の先——正面上方から伸びて来ると、すぐ前方の海面へ届いて凄まじいしぶきを上げた。

ずばばばっ

2

ずばばばっ

（——！）

目の前に、真っ白い壁のような水柱。

一瞬、何も見えない。

ぐらっ
「くっ」

衝撃波であおられる——

すぐ目の前の海面に、三〇ミリ機関砲弾が殺到し、突き刺さった。

だが思った通りだ。海面の固定目標を急降下しながらレーダーのアシスト無しで目視で撃てば、砲弾はすべて下方へ逸《そ》れる（この機体の前方海面へ着弾する）。

後方へ押される——わたしは反射的に右手の統制桿で機体姿勢を保つ。フットペダルを踏み込む。

そのまま、宙で停止。

「くそっ」

姿勢を保ちながら、親指をトリガー・ボタンから離し、前方視界を睨む。

真っ白い壁のような水柱は、徐々に重力で下がっていき、消散する……。

視界が、元に戻っていく。

何も無い蒼空が広がる。

（敵は）

わたしは顔を上げ、頭上を見回す。

何も目に入らない――

敵はどこだ……？　全周視界に緑の円環は浮いていない。耳を澄ましても、あのピピという警告音は聞こえて来ない。

（……）

やったか……。

「ふむ」

猫が横で、顎の下を掻く。

「敵を引き付け、差し違えで撃破か。見事だ」


たった今。

電磁砲は敵機にロックオンし、わたしはトリガー・ボタンを一秒間は押した。

あの時と同じか……。天安門でアグゾロトルを撃破した時と同様に、数十発がまともに命中して殲15は宙に爆散したのか。

「……」

わたしは肩で息をし、猫の『講評』にもつき合う余裕は無く、脚の下を見やる。

娘たちは……？

無事か。

「みんな、大丈夫っ⁉」

するとーー
「はい」

打てば響くように。

球の底から黒髪の少女——リンドベルがこちらを見上げ、応える。

「みんな無事です、姫様」


よし。

わたしは呼吸を整えながら操縦席に向き直ると、前方を見やる。

海水のしぶきが吹き払われ、目の前には洗われたように濡れた灰色の流線型——F15の機首部分がある。

宙に浮くエクレールブルーの両マニピュレータで、腹の下に抱えられた格好だ。

ちょうど、胸部コマンドモジュールの前——わたしのすぐ目の先に、涙滴型キャノピーがある（後ろから見る格好だ）。

（パイロットは）

無事か……⁉

目をやるのと同時に、パイロットの後姿——そのヘルメットの後頭部が、動いた。

思わず目を凝らす。

操縦席のパイロットは前のめりに、ショルダーハーネスに吊られたような姿勢だったが、ハッと気づいたように頭を上げ、左右を見回す。

二の腕の階級章が見える。三等空尉――やはり後輩か。

驚いている様子だ（無理もない）。


（そうだ）

拡声器があったはず――

わたしは天安門の博物館の中庭で猫が操作してくれたのを思い出し、正面計器パネルの小さなトグル・スイッチの一つをつまんで、押し上げた。

「――ちょっと」

コマンドモジュール内の集音マイクがどこにあるのか、分からない。

取り合えず、前に向かって話す。涙滴型キャノピーの中で動き始めたパイロットの背に向けて、呼んだ。

「ちょっとあなた、聞こえる？」

守護騎の外部拡声器は、猫に言わせると『暴徒鎮圧用』だそうだ。

音量はでかいのだろう、でもキャノピー越しで、ヘルメットも被っていて、向こうに聞こえるだろうか。

（――）

正面パネルの横に、赤い大きなボタンがある。

〈ＥＮＴＲＥＥ〉

そうだ、ハッチ……。

右手を伸ばし、拳で叩くように押した。

プシュッ

わたしの眉間の先で、全周モニターの一部が裂け、縦に開く。

装甲の断面を見せ、楕円形の開口部――乗降ハッチが開いた。

潮風が吹き込む。

「うっぷ」

風が強い。あるいは機関砲弾の群れが海面をえぐった時の突風が、まだ辺りの空気をかき混ぜているのか。

しぶきを含んだ風が、顔に当たるのをこらえながらパイロットの背中へ呼びかける。

「後ろを見て」

拡声器の声が、潮風を貫いて響く。

「わたしの顔が見える？」

いきなり後ろから拡声器で、日本語で、女の声だ。

パイロットのヘルメットは『何だ……⁉』と言うように、こちらを振り返ろうとする。肩を固定しているハーネスが邪魔と分かり、慌てた動作で外す。

やはり、私より若い。

背中の動きを見ていると、まだ新人だ。

悪いけれど戦闘機パイロットの経験や技量というものは、後姿で知れてしまう。

わたしだって、まだ中堅とも呼べない経験年数だが、これでも小松基地に所属していた頃は第六航空団の若手チームを率い、戦技競技会で飛行教導隊と対戦した。あの頃にリーダーとして編隊を率い、まぐれかも知れないが教導隊に勝利した。あの頃に得た知見で言うと、出来るパイロットというものは、背中を見れば分かる。どう違うのかうまくは言えないが、見れば分かる。

「わたしが見えたら、合図して」

間合い十メートルもない。

コマンドモジュールの操縦席に座るわたしと、透明なキャノピーの中のパイロット

——新人らしい三尉は、お互いの顔も判別出来る近さだ。

　Ｆ15の操縦席は見晴らしが良く、振り返れば後方もすべて見える。肩のハーネスを外したパイロットは、上半身をひねって、こちらを見た。

　ヘルメットのバイザーは濃い緑だ。その面が陽を跳ね返す。

　こちらを振り返るが——バイザーを下ろした顔は、自分の機を抱えているエクレールブルーの上半身を見上げるなり、唖然《あぜん》としたように固まってしまう。見上げたまま、止まってしまう。

　無理もないか……。

　那覇をスクランブル発進して、さっきまで高空で〈対領空侵犯措置〉のミッションについていた。あろうことか中国機がいきなり攻撃して来て、一番機はやられ、自分も後ろから撃たれ、ひどいデパーチャー状態に陥って——おそらく意識を失ったのだ。気がついたら、見たこともない『巨大ロボット』に機体ごと抱きかかえられていた。

　宙に浮いて、止まっているのだ。

「敵ではないわ。安心して」

　繰り返して言った。

「わたしの顔が見えたら、合図して」

　すると。

　若いパイロットは、バイザーの面をこちらへ向けた。楕円形の開口部の奥に搭乗者――つまりわたしが座っていることに、気づいたようだ。

　しかし、まだあっけに取られている。

　合図しろ、と言っているのに（無理もないか……。巨大ロボットの胸部の奥にチャイナドレスの女が座り、おまけに隣に猫までいる）。

「いい？」

　続けて呼びかけた。

「敵ではありません。わたしは飛行開発実験団、音黒聡子二尉。この機体は機密です。秘匿行動中でしたが、あなたを助けました。聞こえていたら、合図して」

　するとようやく、パイロットは我に返ったように、わたしの方をまともに見た。

　次の瞬間だった。

　彼は「あっ」と何か気づいたような反応をした。振り返った姿勢のまま、慌てた手つきでヘルメットのバイザーを上げる。

　黒い酸素マスクをつけたままだったが、それも片手で外した。

　顔が現われる――

（——え⁉）

わたしは、軽い眩暈《めまい》を感じた。

何だ。

あの顔……。

（……直樹？）

いや。

まさか——違う。

別人だ。

「あの」

軽く頭を振り、脳裏に蘇りかけたものを振り払う。

まったく。

こんな時に、何を驚かせてくれる……。

「わたしの声、聞こえているわね？」

念を押した。

すると若いパイロットはうなずき、振り向いた姿勢のまま、右手の親指を上げた。

何か口を動かすが、キャノピー越しだから、向こうの声は聞こえない。

でも、いい。用は足りる――

「キャノピー、開けなくていい」

後輩パイロット（防大出身なのか、航空学生出身なのかは分からない。容貌が幼い感じだから、彼は航学だろう）は前を向いて、右手でキャノピー開放ハンドルを操作しようとしたので、わたしは先回りして告げた。

「いい？　このまましばらく、あなたの機を抱えて飛ばなくてはならないわ。開けちゃったら、閉められないでしょ」

Ｆ15のキャノピーは、開ける時には動力は要らないが、閉めるとなると油圧のパワーが要る。機体の油圧系統を加圧するポンプは、エンジンで駆動される。さっき水没した時に、双発のエンジンはとうに止まっている。

でも、このイーグルはエンジンは止まっていても、バッテリーの電力は残っている。後輩パイロットの前にある計器パネルで、多数の警告灯が点灯したままだ。最低限の電力はまだ生きている。

「あなたの機、ＵＨＦは使えるわね」

無線は生きているか。

使えるか、と念を押した。

後輩パイロットは、そこで初めて気づいたかのように、自分の計器パネルへ向き直ると左側コンソールに触った。

いくつかのスイッチを操作し、またわたしに振り向くと、親指を立てて見せた。

無線は使えます、という意味だろう。

「いいわ」

わたしもうなずく。

しかし──

この後輩パイロット……。

見ていると、どうしても直樹に似ている。頼りなさそうな仕草とか。

三つ年下の弟。

空自の戦闘機パイロットになりたい、と話していた。

あの〈災害〉がなければ……

(……いや)


わたしは頭を振る。

余計なことを、思い出している時じゃない。

「では」

わたしは続ける。

エクレールブルーを海面上数メートルの高さに静止させたまま、拡声器に告げた。

「わたしがこれから言うことを、伝えて。ＣＣＰ経由でいい、わかる？」

この海域からでも。

頭の中に、防空通信システムの全体像を描く。

近くの島の遠隔中継ステーションを経由し、遥か東京の横田基地地下にある空自の総隊司令部中央指揮所（ＣＣＰ）とは無線が繋がるはずだ。

いや。

無線が生きているなら――

（――）

そうだ、データリンク。

データリンクも、まだ繋がっているはず。

Ｆ15のセントラル・コンピュータからは、機体背部の衛星アンテナを介して機の位置、高度・速度・針路などの飛行情報、機のレーダーが捉えている索敵情報などがリアルタイムに送られる。

リンク17と呼ばれる戦術情況共有システムだ（兵装がアーミングされ、使用されれば、その情況も送られる）。

横田の地下にあるCCPでは、滞空しているすべての戦闘機、早期警戒管制機、それに海自の艦船からもデータリンク経由で情報を収集し、地下空間の巨大な正面スクリーンに戦域の情況を映し出す。

今、目の前のF15二番機が『海面高度で静止している』という情況も、データリンクが生きていれば衛星経由で送信されている――高度がほぼゼロ、速度もゼロだから『海面に着水した』と判別されるだろう。

おまけにたった今、水に浸かったので、遭難シグナルも自動的に発信されているはずだ。CCPのスクリーンでは、東シナ海のどこかの一点に赤い遭難マークと共に浮かび上がっているはずだ。

横田では、領空へ接近してきた中国機が、いきなりスクランブル機を攻撃してきたから大騒ぎになっているはずだが。

同時に、『遭難』した二機のF15の救援のため、この位置へ向けて救難機を急行させているだろう。

(無線でも、目の前のこの機を盛んに呼び出しているか――いや)

わたしは考えかけ、頭を振る。

そうとは限らない。

無線で、目の前の機が呼ばれているかどうかは――

中国と紛争になりかけている。いやもう、なっている。

無線でおおっぴらに、やられた戦闘機を呼び続けたりすれば、それだけ〈敵〉に手の内をさらす。

わたしがＣＣＰの指揮官だったら、させない。黙って救難機だけを差し向ける。


これは、陽動か。

目をしばたたき、考えた。

今の、目の前の情況。

中国機が領空へ接近してきたのは、向こうの仕掛けた〈陽動作戦〉か……。

（……）

防大で戦術論は習っている。

そのくらいのことは想像出来る。

おそらく。わたしがたった今相手にした中国機――二機の殲15のほかにも、多数の中国戦闘機が、同時にわが国の領空へ接近して来ている。

（みんな今、やられている）

今、この時にも周囲の空域のあちこちで、空自のスクランブル機が撃たれているに違いない。

わたしが〈敵〉の――人民解放軍の指揮官だったなら、必ずそうする。

これは一つの侵攻作戦だ。

ミルソーティア征服軍のシュエダゴンの群れは、低空で海面を這うようにして魚釣島へ向かわせる。同時に、高空を多数の人民解放軍戦闘機を日本領空へ向け、これ見よがしに接近させる。日本の防空レーダーは高空をやって来る多数のアンノン――未確認機を捉え、CCPは那覇基地からF15をスクランブル発進させる。

アンノンは何組も同時にやって来るから、那覇基地のF15はスタンバイ機も含めて出払ってしまう。

そして空自のF15は、たとえ〈対領空侵犯措置〉に出動しても、平和憲法のせいで自分からは撃てない。相手に対して武器が使用出来るのは唯一、自分自身が撃たれて生命が危ない時の『正当防衛』の場合のみだ。つまり最初の一撃でやられてしまったら、そのまま反撃も出来ずに死ぬしかない。

わたしが人民解放軍の指揮官なら。

空自のF15がスクランブルに出てきたら、真横の警告ポジションまでおびき寄せ、警告しようとしたら不意打ちで襲いかかって叩きおとせ、と命じるだろう。

日本の戦闘機は、政府が〈防衛出動〉を閣議決定して命じるまでは撃てない。正当防衛しか出来ない。正当防衛する前に、叩きおとしてしまえ――

「――」

わたしは唇を結ぶと、八メートルの間合いで透明なキャノピーの中にいるパイロットを見た。

みんなが。

わたしの同僚や後輩たちが、今、この時にも次々と……。

〈敵〉は、わが国が〈防衛出動〉を決定する前に南西諸島の空自の戦力を損耗させるつもりだ。

いや、空自だけとは――

「――ごめん」

わたしは拡声器越しに、後輩パイロットに告げた。

年下のパイロットは、考え込むわたしを怪訝そうに見ていた。

「ごめん、今から言うことを、ＣＣＰへ至急伝えて」

3

三十分後。

わたしは、海面上の低空を飛行していた。
さっきほど海面すれすれではない。
右手に統制桿、左手に推力桿を軽く握り、リラックスした姿勢で水平線を見ていた。
ハッチは閉じ、目の前は全周モニターに戻っている。
風切り音がしている。海面は、前方から手前へ吸い込まれるように流れ込む――
今のところ、見渡す視界に島影のようなものはない。海だけだ。
こっちの方角へ飛び始めてから、十五分くらいは経ったか……？
「――」
（……）
そして視野の下側には、灰色の流線形。
エクレールブルーは、両マニピュレータでＦ15の機体を抱え込んだままだ。
重たいのか、というとよく分からない。軸線の下側にやや慣性は感じるが、空気抵抗は意外に感じない。

速度も三〇〇ノットくらいは楽に出ている——

（……三〇〇ノットくらい、だよな）

右手やや前方を行く、後部胴体に日の丸をつけた大型哨戒機の姿を見ながら、今の速度はこれくらいか、と見当をつけた。

（しかし、Ｐ１が来るなんて）

右前方、同じ高さに浮かんでいる機体。

先導するように飛んでいるのは、四発のジェットエンジンを持つ最新鋭の哨戒機だ。日の丸と共に小さく『海上自衛隊』のロゴ。

こんなものがやって来るとは……。

意外に思ったのは、十五分ほど前のこと。


あれから。

あの場所で、海面上の宙に静止したまま、守護騎に抱えられたＦ15のコクピットで後輩パイロットは前を向き、無線を使ってくれた。

背中が見えていた。どこかを呼んでいる様子。

バッテリーの電力が残っている間に、連絡出来るといいが……。

心配しながら見ていると、呼び出した相手は応答したらしい。後輩パイロットは前を向いたまま、どこかと話す様子だ。

通信の音声は、当然だがまったく聞こえない。

わたしはハッチを開け放したままのコマンドモジュールの操縦席で、年下のパイロットの背を見ているしかない。

今のうちに、移動しようか——？

ここよりも、少しでも領土の島に近い位置へ移ろうか。

そうも考えた。しかし、やめておくことにした。

ここがどこなのか、わたしには分からない。横田のＣＣＰが、この場所をデータリンクで特定し、救難機を向かわせているとしたら。

下手に動かない方がいい——

考えながら見ていると、後輩パイロットはふいに、わたしを振り向いた。

外した酸素マスクを片手に持っている。マスクの内蔵マイクで話しながら、振り向いてわたしを見て、また口を動かす。何か報告している様子だ。

やがて彼は、無線で何か指示されたのか。

操縦席の左サイドの物入れに屈み込むと、黒い物を取り出した。

（——カメラ？）

大きなレンズ付きの一眼レフカメラだ。

そうか、と思った。


スクランブルに出る時。

わたしも、自分がその任にある時にはそうしていた。スクランブル編隊の二番機パイロットは、手持ち用のカメラを携行していく。洋上で、国籍不明機に会合したら、一番機が当該機の真横に並んで警告をする間、後方からその様子を撮影する。

どんな外国機が来たのか。

情報収集するのが、二番機の役目だ。

見ていると、キャノピーの中から彼はわたしを指して『あなたを撮ります』と手ぶりで示した。

ＣＣＰから、わたしを撮るように指示されたのか。

「撮れって、言われたの？」

拡声器で訊くと。

キャノピーの中で、彼は『そうです』とうなずく。

なら、拒否する理由もない。わたしは『いいわよ』とうなずく。

すると彼は、まずＦ15を抱えて浮いているエクレールブルーの上半身を仰ぎ見るようにして何枚か撮影し、次にコマンドモジュールのハッチへレンズを向けて来た。ズームアップしたのか、レンズが動くのが見えた。

　撮影を済ますと、年下のパイロットは細いコードでカメラ本体と、左サイドの通信パネルを繋いだ。何か操作を始めた。

　昔は、基地へ持ち帰ってからフィルムを現像していたというが、今はデータリンク経由で画像も送れる時代だ。

「ねぇ」

　データ送信の作業をする後輩パイロットに、わたしは拡声器で訊いた。

「あなた、航空学生は何期？」

　後輩パイロットは、何を訊かれたのか分からなかったのか、通信パネルから顔を上げてわたしを見た。

　やはり、面差しは似ている……。

　その顔に
「航空学生は何期かって、訊いたの」

　繰り返して訊ねた。

　ああ、そのことですか、というように彼はうなずくと、操作の済んだカメラを膝に置いて両手の指で数字を示した。

「……」

そうか。


わたしは、うなずいた。

期で、年齢も経験も分かる。

もしも弟が生きていたなら。

直樹が生きていて、この世界へ進んでいたら、彼とは『同期』になっていたはずだ。

(三つ年下、か……)


それから。

画像が送信されてから、十分とは待たなかった。

再びピピ、という警告音が鳴った。


(──?)

どっちだ。

音のする方向は、今度は操縦席の右後方──

振り返って、確かめた。太陽の位置と方位環から、東の方角と知れた。

東か……。

〈E〉の字に重なって、紅い円環が一つ、水平線すれすれにぽつんと現われた。

目を凝らすと。

(……大型機?)

円環に囲われるのは、翼幅の大きい機影だ。

水平線のすぐ上を、こちらへまっすぐ近づいて来る——

わたしは一応、統制桿で機体をゆっくり回頭させ、紅い円環の囲む機影に向けエクレールブルーを正対させた。

でも東——たぶん沖縄本島のある方角から、低空で来た。中国機ではないだろう。

そう思って見ていると、四発機のシルエットがみるみる大きくなった。

「——P1?」

「あれは、君の友軍かね」

横で、一緒に前を見ながら猫が訊く。

「助けに来たのか」

「そう思うけど」

わたしはうなずく。

実験団でも、あの機種の飛行試験はやっていた。わたしは担当ではなかったが――

「海上自衛隊のＰ１哨戒機。味方よ」

そうだ。

味方には、違いない。

でも。


救難機が来たなら来たで、その後がうまく運ぶか……。

事態は――対処には、急を要する。

わたしの伝えてほしいメッセージが、日本政府に届いていればいいのだが。

急を要する報告は、届いているか……？

後輩パイロットが連絡をしてくれた総隊司令部中央指揮所――わが国を取り巻くすべての空域の空自機を指揮しているＣＣＰでは、〈対領空侵犯措置〉を実施した際には、千代田区永田町の総理官邸地下にある〈内閣情報収集センター〉へ事実を報告する。

そのことは、空自パイロットならば、みな知っている。

昔は、総理官邸は、国の様々な組織体から『緊急事態が起きた時の報告』をじかに受ける体制を持っていなかった。例えば大地震が起きても、総理はじめ閣僚たちは生の情況をＴＶ報道で見るしかないような時代があったという。

現在では、反省がなされ、国内で起きる様々な緊急事態について、各省庁は必ず第一報を官邸地下の〈内閣情報収集センター〉へ上げる。そうするように組織と設備、マニュアルが出来上がっている。

例えば気象庁からは大型台風の接近、海上保安庁からは不審船の出現などがあれば直ちに報告が行く。防衛省からは、日常実施している〈対領空侵犯措置〉はすべて報告されている（年間四〇〇回以上に上るが、すべてただちに報告されている）。

わたしと守護騎の画像を撮って送れ、というのはCCPからの指示だったのか。

中国機に撃たれた後、海面に突っ込んだところを巨大ロボットに助けられました

操縦しているのはチャイナ服の女です。

そんなことを報告されたら、CCPの先任指令官は「お前、何を言っている」と言うだろう。証拠を見せろ、と求められたのか。あるいはあの後輩君が「僕の言っていることは本当です」と示すために、画像を送ることを自分から申し出たのかもしれない。

伝えるように依頼した、メッセージ。わたしが飛行開発実験団所属のテストパイロットであること、NSCの指揮に基づいて行動していること、そして〈フェアリ1〉を鹵獲《ろかく》して帰ってきたこと。何より重要なのは、この機体と同様な人型機動兵器多数

が、魚釣島へ上陸しつつあり、中国漁船の大船団が追って同島へ向かっていると見られること。

それらの通報が、ちゃんとなされ、CCPから官邸へと伝えられたか……？

官邸へ伝えられれば、めぐりめぐってNSCへ情報が行く。

まだ護衛艦〈ひゅうが〉にいるのかどうかわからない、でも、あの黒伏という若い官僚のもとへ情報として届くだろう。

黒伏は『中国の人型兵器』による尖閣上陸を、最初に懸念した本人だ。情報が行けば、ただちに政府へはかって〈内閣安全保障会議〉が召集されるようにするだろう。

一秒でも早く、政府には自衛隊に対して〈防衛出動〉を発令してもらわなくては。

そして、わたしは一刻も早く――

「――」

思わず、脚の下を見た。

十一人の少女たち。

魚釣島へ向かうのは、まずこの子たちを安全な場所へ降ろし、それからだ……。必要な支援も、できるだけ速やかに受けられるようにしなくては。

そのためには。

考えているうちに、Ｐ１哨戒機の姿は大きくなり、わたしの約半マイル前方まで迫って来ると機首をいったん右へ振り、ついで大きく左バンクを取って急旋回に入った。

取り巻くように旋回を始めた。

機体の背中が丸ごと見えるような、大バンク。

わたしは、宙の一点にエクレールブルーを浮かせたまま、周囲を大バンク角で廻り始めたＰ１を目で追った。

淡いグレーの機体。

主翼の日の丸は、見ていると何だかホッとするが――

大型哨戒機の中の乗員の様子は見えない。

でもバンクの急な入れ方で、操縦者が驚いているのは見て取れる。

見ていると、傾きは六〇度近い。出来るかぎり旋回半径を小さくし、近くからこの機体を観察するつもりか。

この哨戒機からも撮影をされ、今、画像も送られているだろう……。

無線はまったく通じない。

守護騎同士の通信、あるいはミルソーティア側の指揮系統との音声通話は出来るらしいのだが（デシャンタル男爵のアグゾロトルとは対話出来たし、あの老婆のような医官も、こちらを呼んで来た）……。

そうだ。

「リンドベル」

気づいて、わたしは足下を呼んだ。

「こっちへ、上がって来て」


少女たちを、乗せているのだ。

この子たちを、まず機体から降ろして安全を確保したい。

そのことを伝えなければ。

「何でしょう、姫様」

黒髪の少女は後席へ上って来た。何度も下と行き来しているので、身のこなしが慣れたものになっている。

「あの飛行機械は、味方なのですか」

「そうよ」

わたしが猫に話す内容を、耳にしていたのか。

賢い女官見習の少女に、わたしは促した。

「そこに座って、一緒に手を振って」

「手を、ですか?」

「そう」

わたしは、エクレールブルーの周囲をぐるぐる旋回する、グレーの川崎重工製哨戒機を顎で指した。

「わたしたちが乗っていることを、向こうに分からせる。ハッチの前を機体が通過する時に、一緒に手を振って」


Ｐ１哨戒機は性能の良い観測カメラを備えている。

向こうが、開けたままのハッチ開口部の直前を通る時を狙い、手を振れば。

わたしと黒髪の少女が複座の操縦席にいることが、鮮明に撮影されるだろう。

「それ、今」

聞こえはしないだろうけれど「おぉい」と声を上げ、わたしは推力桿から左手を離して振った。


三周、そうしたか。

次に廻って来た時、グレーの大型哨戒機は左舷側の観測窓で閃光をひらめかせた。

チカチカ、チカッと瞬く白色の光を、わたしの目は読み取った。

（モールスだ）

エフ、オー、エル、エル、オー、ダブリュー、エム、イー――

我に続け、か。

Ｐ１は旋回を止めると、主翼を水平に戻し、一方向へ向け飛び始めた。

フォロー・ミー――我に続け、というのは先導してくれるのか。

「行くよ」

わたしは統制桿を握り、大型哨戒機の尾部を追うように機体を回頭させると、推力桿を前へ出した。

前進。

4

どこへ飛んでいくんだ……。

Ｐ１に従って、海面上の低空を飛び続けている。

速度は三〇〇ノットくらい。

さっきの亜音速ほどではないが、それでも結構速い。

太陽は、わたしの左上。全周視界を取り巻く方位環は、わたしのやや右前方に〈Ｗ〉

の文字が浮かんでいる。西南西へ進んでいる――
（――沖縄本島からは離れる方角か……）
この状態で、海自の哨戒機にエスコートされながら、もう三十分は飛行したか。
無線は通じないから『どこへ連れていく』とも知らされていない。
尖閣は、どの辺りなのだろう。
視界を見回しても、全周がすべて水平線だ――

――『もしもこれが』

ふと、声が蘇る。
（……）
数日前、耳にした声。
あの若い官僚（といっても三十代で、わたしよりも歳上だが）の言葉。
黒伏と名乗った男。黒服で、斜に構えたようにしゃべる。
――『もしもこれが、漁民の先頭に立って島を襲って来たらどうなる』

数日前。

雲南省の奥地へ向け発艦する、直前のことだ。

母艦〈ひゅうが〉の薄暗いCICの作戦テーブルで、わたしはブリーフィングを受けた。黒服の官僚はテーブル上に拡大した画像を指し、言った。

ディスプレーを兼ねるテーブルには、茶色い砂塵の上に姿を現わす巨大な人型兵器が、ストップモーションで拡大されている。

「もしもこれが、漁民の先頭に立って島を襲って来たらどうなる」

「……？」

画像を見せられ、絶句しているわたしに「いいか音黒二尉」と黒伏は続けた。

「奴らは国連の安全保障理事会では『新型の土木機械を自分たちの領土へ持ち込んだだけだ』と主張するだろう」

「土木機械……？」

「棍棒は地ならしの道具だ、これは武装していない土木機械だと常任理事国の中国が言い張れば、トラブルに巻き込まれたくない連中は皆黙ってしまうさ。そして尖閣が中国の実効支配下になった瞬間、アメリカはあの島々を日米安保条約の対象から外す。安保条約の対象は、あくまで日本の施政下にある地域だけだ。アメリカも面倒が嫌だから、逃げてしまう。そうなったらどうなる」

「音黒二尉」

黒伏の隣にいた、鷺洲《さぎす》という若い官僚も言った。

「わが国の領土は、我々日本人の手で護らなければならないのです。そのために、必要なことをしなくては」


（――）


今回の〈大冒険〉の発端となった、極秘の偵察行。

運用試験中のF35BJを使った中国奥地への強行偵察を実施する。あなたはそのために選ばれて〈ひゅうが〉へ呼ばれたのだ――そう知らされた。

その時の出発直前の一部始終が、脳裏に蘇った。

次々に思い出す。

あの男たち――いやNSCのメンバーには女性もいた。そうだ。志麻祐子《しまゆうこ》という、白いスーツの女。世間話のつもりだったかもしれないが「なぜ戦闘機パイロットになったのですか」と、訊かれたくもないことを訊かれた。

F35が出発に向け整備されるまでの間、志摩裕子が休憩場所を用意してくれた。〈ひゅうが〉艦内に臨時にあてがわれたコンパートメントで、仮眠をした。

暗がりの中、波を分けて進む艦の動揺から、昔の記憶が蘇って――

「――」

わたしは視線を下げ、エクレールブルーの操縦席から、視界の下半分を占めている灰色の流線型を見やった。

Ｆ15の機首部分。コクピットのキャノピーの中には、あの若いパイロットの背中がある。リラックスした姿勢で前方を見ている（することが無いのだろう）。

目の前のハッチはもう閉じているから、彼が振り向いても、わたしの姿は見えない。

（そういえば）

ふと、また思い出す。

さっき、わたしがハッチを開いて姿を見せた時の様子だ。彼は妙な表情を見せた。

驚いたような……。

あの表情は、何だろう。

チャイナ服の女が、巨大ロボットの操縦席にいたからか。

いや。

あれは、わたしの顔を確認して、それで驚いたんだ――

ピピ

考えていると、ふいにまた警告音がした。

P1にエスコートしてもらっていても、まだ推力桿の兵装選択スイッチは〈電磁砲〉に入れたまま、磁場索敵儀を働かせている（何が起きるかわからないからだ）。

ピピピ

前方の水平線上に、紅い円環が二つ現われた。

(何だ)

目を凝らす。

飛行物体が二つ。

海面すれすれの高さで、急速に近づいてくる。

いや、こちらが近づいていくのか。

紅い環に囲われるシルエットは、主翼を広げた感じではない――

「ヘリか」

わたしの目が、それら二つの機影を確認するのと同時に。

右前方を行くP1哨戒機が、主翼を振った。

「……？」

四発ジェット機の胴体側面に突き出したバブル型観測窓で、哨戒機の乗員らしい人影が前方を指し、何か手振りで示した。

Ｐ１は、わたしに向かって「あとはあれに従え」とでも示したのか。

哨戒機は大きく右バンクを取ると、急速にわたしの視界から外れていく。

入れ違いのように、前方から二つの灰色の影――ライトグレーの大型ヘリがやってきて、わたしの左右をすれ違う。すれ違いざま、機体の形状と後部胴体に染め抜かれた日の丸が目に入る。

「ＳＨ60だ」

「前方に船がいる」

横で、猫が水平線を顎で示す。

「騎士よ。あれも君の友軍かね」

「⁉」

南西に向け進んでいたので、前方海面は逆光のようになっていた。

逆光の中、その艦影が見えた。

「――〈ひゅうが〉？」

その瞬間。

わたしは、自分の伝えようとしていたメッセージが正しく、しかるべきところへ届いていたことを知った。

水平線に浮かんで見え始めた、特徴ある平たいシルエット。

あれは。

大きな船だ。

みるみる形状がはっきりしてくる。

白波を両舷に曳き、グレーの艦影はこちらへ向けて航行している。一目見ればわかる。全通甲板だ。右舷側には、片寄って立つ細長い艦橋構造。

やはり、そうだ。

見間違いなければ、わたしが数日前の深夜に発艦した母艦――〈ひゅうが〉。

「ありがとう」

思わず、そう口にしていた。

「姫様？」

後席から、リンドベルが怪訝そうに訊く。

わたしが日本語で「ありがとう」とつぶやいたからだ。

でも理由を説明している暇もない。

前方空間にはもう一機。母艦とわたしのちょうど中間辺りに、もう一機のＳＨ60Ｋ対潜ヘリコプターが滞空している。右舷胴体をこちらへ向け、ホヴァリングしている様子だ。たぶん観測カメラをこちらへ向けて、エクレールブルーの姿を撮影して送っているのだろう。

今、〈ひゅうが〉艦内の窓のないＣＩＣでは、望遠の画面の中に、この人型の機体の飛行するさまがぶれながら映し出されている――

「――リンドベル、みんな」

わたしは声を上げた。

「お城に着いたわ。降りるよ」

5

三分後。

わたしはエクレールブルーの機体を、ヘリ搭載護衛艦の飛行甲板の直上の宙に停止させ、ゆっくりと下降して着艦した。

容易ではない。まず初めに、抱えているＦ15を降ろさなくてはならなかった。

縦に長い甲板の前半部分に、位置を合わせてホヴァリングし、甲板すれすれまで降りると、モード切替レバーの握りをひねって〈腕〉をリリースする。

イーグルの機体がゴロン、という感じで甲板に転がると、少し上昇してから前方へ進み、統制桿とフットペダルで機体を起こしてから着地させた。

ガシュンッ
エクレールブルーは自動的に、片膝をつくような姿勢になり、長さ二〇〇メートル近い飛行甲板のほぼ中央に着地して止まった。

「止まった……」

思わず、息をつく。

戦闘機ならば、ここでエンジンをシャットダウンするところだが。

守護騎の機関は、どうやって止めるんだ……？

「機関は、どうやって止めるの」

「機関を止めるとは、どういうことかね」

逆に猫から訊かれた。

「この機体のＭＣ機関は、建造された時から働いている。止める必要はない」

「……」

「機体を降りるのなら」猫は操縦席のコンソールの左側を、顎で指す。「全関節をロックしたまえ。それで休眠モードになる」

「わかった」

わたしはうなずく。

「とにかく、みんなを降ろすわ」

全関節を、ロック――

そうか。

推力桿の横に、赤い縞模様の短いレバーがある。

天安門の博物館の中庭で、この機体を『起動』するときに使った。今、手前へ引いた位置にある。これを戻せばいいのか。

エクレールブルーの機体は、片膝をつくような姿勢で〈ひゅうが〉の飛行甲板に着地していたが、完全に停止していない。まるでボートが水面で揺られるように、微かに動いている。

動く、というより、艦の動揺によって前後左右に振られるのを、両脚や腰部の各関節が微妙に動いて姿勢を保っている感じだ（オートバランス機能があるのか）。

「全関節、ロック」

わたしは赤いレバーをいったん引き上げるようにして、前方の位置へ戻した。

ガシュッ

ピッ

〈休眠〉

モニターの目の前に黄色い文字が現われると、二度明滅して消えた。

「う」

ぐらっ

機体のすべての関節がロックされると、コマンドモジュールの微妙な揺らぎはなくなり、今度は母艦の揺れがまともに来た。

〈ひゅうが〉は高速で航行しているのか。

かえって揺れる……？

膝をついたとはいえ、コマンドモジュールは甲板よりも高い位置にある。艦の重心よりもずっと高いから、揺れがまともに来る。

（艦橋と同じくらいの高さかな）

そう思った時。

「……？」

ふと、視線のようなものを感じた。

右手だ。

目をやると、ちょうど操縦席の視点よりもやや高い位置に、〈ひゅうが〉の航海艦橋の窓があった。

特徴あるアイランド型艦橋は飛行甲板の右側に屹立して、前後に長い。多角形の絆創膏のようなフェーズドアレイ・レーダーのアンテナが、側面にいくつも張り付いている。

航海艦橋の側面窓とは、間合い十メートルちょっと。向こうからやや見下ろされる角度だ。ちょうど目をやった時に、側面のウイング・ブリッジに出る防水扉が開き、ベランダのような見張り台へいくつかの人影が出てくる。薄いグレーの、戦闘服姿だ。

（……戦闘態勢にあるんだ、この艦）

艦橋に詰める士官たちまでが戦闘服――ライフベストにヘルメットまでを装着しているのは、護衛艦が『戦闘態勢』にあるという証拠だ。

ウイング・ブリッジに現われた戦闘服姿は三つ。その中の真ん中の人物が、わたしの方へ向けて右手を上げると、親指を立てて見せた。

ヘルメットの下の顔。見覚えがある。

島本艦長か。

思わず、モニター越しにその姿へ向け、右手を上げて敬礼していた。

敬礼してから『見えないんだ』と気づいた。

向こうから、わたしの姿は見えない。

でもＦ15のパイロットに伝えてもらったメッセージで、この機体にわたしが乗っていることは知られているはずだ。

（よし）

降りよう。

赤いボタンを右手で叩き、ハッチを開けた。


風が吹き込んだ。

わたしが乗降ハッチを開くと、それが合図になったかのようだった。

艦橋の根本あたりから、大勢の人影が湧くように現われ、ばらばらっと駆け足で機体の周囲を取り囲んだ。

作業服の上に、様々な蛍光色のウインドブレーカーをつけている。赤、緑、黄色。

甲板要員たちか。

片膝をついた人型の巨体が、みぞおちに相当する部分で乗降口らしいものを開いたので『もう突然に動き出す心配はない』と判断されたのか。

ただ、直接に触れてくる者はなく、半径十メートルくらいで円形に取り囲み、一様にこちらを見上げてくる。航空機の専門家たちだから慎重に行動している——というか、あっけにとられている感じだ。

全周モニターの足の下に、たちまちぐるりと人垣ができた。

（――！）

人垣の中、ちょうど正面の位置に、見覚えのある人物がいた。一人だけ、周囲とは違う茶色のつなぎを着ている。黒のサングラス。インカム付き防音プロテクターを両耳に付け、年季の入った銀髪。

わたしは操縦席から立ち上がると、楕円形のハッチ開口部から身を乗り出した。

艦の前進速度がそのまま風速になっているのか、風は強い。

「ジェリー」

吹きつける風に負けぬように、その人物を呼んだ。

「高所作業車を用意して。女の子たちを降ろすから」

年季の入った作業服の男――ジェリー下瀬は、こちらを見上げて目を丸くしたが（実際はサングラスをしているのだが、そんな所作だった）。すぐにうなずいて、周囲の整備員たちに手で指示をした。

乗降ハッチは、見下ろすと、甲板から八メートルくらいの高さだ。乗り降りには大型機用タラップが必要だが、この母艦には、そんなものはないだろう――

ジェリー下瀬は、わたしに『待ってろ』というように手で示す。

「ありがとう」


その時。

「……？」

わたしはまた、視線を感じた。

何だろう。

右上の方――

艦橋を振り仰ぐが、もうウイング・ブリッジに人影はない。艦長と艦橋要員たちは所定の持ち場に戻ったのか（艦は高速で航行中だ）。

見張り台には誰もいない。

でも、誰かがこちらを見ている……

さっきも感じた。

（あ）

見つけた。

艦橋の窓より下。

航海艦橋の、一層下だ。そこにも窓がある。そそり立つアイランドのグレーの壁面に、小さな丸窓が一つ、ポツンとある。

感じた〈視線〉は、そこからだ。

見返すと、白い小さな顔がこちらを見ていた。

（……？）

金髪の少女……？

わたしは、目をしばたたく。

蒼い目の少女の顔。

何だ。

同時に
「ニャア」

わたしの横で、猫が鳴いた。

だが、もっとよく見ようと目を凝らすと、少女の顔は丸窓から消えてしまう。

何だろう、と思う間もない。

すぐに整備用の高所作業車が、甲板の右横から移動して来ると、片膝をつくエクレールブルーの真ん前で止まった。

クレーンに載ったゴンドラがせり上がって来る。

ヘリの機体上部を点検する時などに使われる車両だ。見ていると、ゴンドラの高さは十分だ。

乗り移れそうだ。

「リンドベル。ここにいて」

わたしは後席の少女を振り返ると、指示をした。

「みんなを降ろして収容するように、下で話をして来る。ここに座って、待っていて」

「はい」

モニター越しに、周囲の様子を見回していた黒髪の少女はうなずいた。

「この船――軍艦が、あなたの〈城〉なのですか」

「そうよ」

一応ね。

心の中でつけ加えながら、右横のコンソールを見やる。

「ノワール、あなたは」

あなたはどうする――

そう言いかけて、言葉が止まる。

猫がいない。

（――いない……？）

どこへ行った。

「ノワール」

わたしは目をしばたたいた。

黒猫の姿が無い。

たった今まで、わたしの操縦席のすぐ横に座っていた。

なのに……？

コマンドモジュールの中を見回すが、あの小さな黒猫は姿が見当たらない。

いつの間に、どこへ消えた。

「リンドベル、猫はどこへ行ったんだろう」

「え」

すると少女も、初めて気づいたように目をしばたたかせる。

「そういえば、いませんね」

でもそれ以上、探している暇も無い。

（とりあえず降りよう）

この子たちを降ろしてやろう。さんざん、怖い思いをさせた……。

ちらと、球形の操縦室の底を見やる。

詰め込んで乗せている、十人の少女たち。

そして――

（――この子たちを降ろすのなら、あれも収容してもらわなければ）

少女たちの後ろには、白い横長の物体。

唇を噛むと、わたしは操縦席のシートから立ち上がる。


ハッチの楕円形開口部から軽く跳んで、ゴンドラへ乗り移った。

風は強い。

下で見上げているジェリー下瀬に、親指を上げて合図すると。

クレーンが動いて、ゴンドラはゆっくりと下がり始める。

「――」

下降する籠の中から、ふと振り返って見上げる。

思わず目を見開く。

エクレールブルーの盛り上がった胸部が、被さるようにそびえていた。表面は青色と銀の彫刻のような装飾（明るいところで観察すると、表面には無数の細かい傷がある）。その上に、西洋の騎士の兜のような頭部が載っている。左右の肩はそり返るような形状で、甲冑の肩のプロテクターそのものに見える。

着地したときに自動シークエンスで畳まれたのか、背に広げていたはずの〈安定翼〉は見えなかった。

あらためて、息をつく。

こいつは。

まるで甲冑じゃないか。わたしたちの世界の工業技術で造られたものじゃない……。

（そういえばシュエダゴンの安定翼は、黒いコウモリのようだったけど――この機体の翼はどんな形なんだろう）

考えているうちに、ゴンドラは作業車の荷台の高さへ下がった。

「ジェリー」

わたしは、まず甲板へ降りたならば、あの初老の技術者へ礼を言わなければと思った。

ジェリー下瀬は、ロッキード・マーチン社に所属していた日系アメリカ人の技師だ。現役は退いたらしいが、F35のエキスパートだという。あの夜の偵察行に向かう直前、彼の手によって、わたしのF35BJには自爆装置がセットされた。

NSCからの指示であったらしい。

本来ならば、『帰還がかなわなくなった』と判断された時点で、あの機は〈ひゅうが〉からの遠隔操作で自爆させられるはずだった（もちろん、わたしもろとも）。

しかし初老の技師は「パイロットを死なせる仕組みを造るのは俺の仕事じゃない」とうそぶき、自爆装置をわたしの意志のみで働くようにしてくれた。上からの指示に逆らい、内緒で細工し直してくれた。

お陰でわたしは、こうして生きている。人民解放軍に奪われかけた機体も爆破して、自衛隊幹部としての使命も果たせた。

まず、彼に礼を――

そう思って、荷台から降りようとしていると。

右手の方で人垣が割れた。

「どいてくれ」

「道を空けてくれっ」

風に混じって、鋭い声がした。

見ると。

機体を取り囲む甲板要員たちを押し分けるように、数人の戦闘服姿が現われた。

五つ。

艦橋の根本の方から、やや強引な感じで人垣を押し分け、甲板要員たちとは違う戦闘服姿がやって来た。

（……？）

彼らは何だろう。一列になり、肩からストラップで黒い銃器――銃身の短いマシンピストルを携行している。艦の保安要員か……？

五つの戦闘服姿は、早足で作業車の前へ出て来ると、甲板要員たちの人垣を背中に押さえるようにして横向きに立ち並ぶ。

何だろう。

すると

「音黒二尉」

声がした。

6

「音黒二尉」

女の声がした。

（……？）

聞き覚えがある――というか、数日前に話をしたばかりの声。

右手を見やると。

保安隊員たちが人垣に空けた通り道に、白い姿が現われた。

（……この間の服、か）

やはり、あの女。

戦闘態勢を敷いた護衛艦の甲板で、場違いな印象だ。白いタイトスカートのスーツに、ヒールのある靴。

艦首方向からの風が強いせいか、さすがに長い髪は後ろでまとめている。

志麻祐子だ。


「――」

わたしは、近づいて来る女には構わず、作業車のステップを飛び下りると保安隊員たちの間を抜けようとした。

ジェリー下瀬に用がある。

礼を言うのももちろんだが、他にもやってもらいたいことや、相談が――

しかし
チャッ

音を立てて、わたしの目の前で二丁のマシンピストルが交差された。行く手を塞がれた。

「ちょっと」

通してよ。

思わず、二名の保安隊員を睨む。

下士官の隊員だ。いくらなんでも、幹部に向かって失礼な……。

でも今の私は飛行服でも制服でもなく、マグニフィセント航空のＣＡの制服——ミニのチャイナドレスに黒タイツにスニーカーだ（威厳も何も無い）。

「通しなさい、そこの下瀬技師に——」

「音黒二尉」

足止めされる間に、志麻祐子はするする歩み寄って来た。

わたしの真横で、すぐそばに顔を近づけて言った。

「来てください、すぐ艦内のＣＩＣへ。急を要します」

「——」

「よく戻って来てくれました。凄いわ、本物の」

祐子は色素の薄い色白の顔で、エクレールブルーを振り仰ぐ。

「本物の〈フェアリ１〉……」

「志麻さん」

わたしは白い顔の女を、睨み返した。

少女たちを、早く降ろしてやりたいのに、邪魔をされた。

ならば、この女に頼もう。

「訊くけれど。確か、この艦には女子の医療班員が乗っていますよね」

「……？」

「あの中に」

わたしはそびえ立つエクレールブルーの、胸部のハッチを指す。

「女の子たちがいます。医療班を使って、すぐに降ろして、休養施設を確保してケアしてあげて」

「……え」


そうだ、ちょうどいい。

この際、志麻祐子にやらせてしまえ。

少女たちを降ろしてやる作業を、ジェリーに頼もうと思っていたが。

オトワグロ家の家職の女の子たちのほかに、コマンドモジュールの底には、あの『ややこしい物体』もある。

あれも志麻祐子に押し付けてしまえ。

「北京から、ミルソーティア世界の女の子たちを十一人、乗せて来ました。狭い場所で、怖い思いもさせた。ケアが必要です。それから」

わけが分からない、という表情の志麻祐子に、わたしは畳みかけた。

「それから、あの中にガク・チャウシンも載っている」

「……えっ」

「あなたなら、わかるでしょ。中国の現国家主席の息子。でも、もう生きていない」

「……？」

「奴はわたしを殺そうとした。コマンドモジュールの中で格闘になって、正当防衛で倒しました。今は黒焦げ」

そうだ。

殺すか、殺されるか。生命がけで闘って、こうして帰って来たのだ。

「あれを、あなたたちＮＳＣで何とか処理して」

「……」

絶句する志麻祐子をその場に放っておき、わたしは銃を交差させている二名の保安隊員を睨んだ。

「そこをおどき」

すると今度は、若い二名の隊員は反応して、銃を下げた。

わたしは、人垣の中であっけに取られている風情の初老の技術者に歩み寄った。

「ジェリー、お陰で帰れたわ。ありがとう」

「礼はいいが」

銀髪の男は、腕組みをしたまま肩をすくめた。

「とんでもない物をぶんどって来たな。それに」

「？」

「なんて格好だ」

「笑わないでよ」

わたしは初老の技術者のつなぎの胸の辺りを、人差し指でつついた。

「ねぇ、お願いがある」

「何だ」


わたしは振り返って、エクレールブルーのコマンドモジュールを指した。

「あれは、凄い機体なんだけど。でも自衛隊と無線が通じない。それに航法も出来ない。東西南北は分かる、でもこっちの世界の地図データも何も無い。あれを何とかして、最低限、尖閣諸島の魚釣島までセルフ航法で飛んで行けるようにして」

「うぅむ」

「お願い、島まで飛んで行ければいいの」

わたしは技術者に頼んだ。

「通信は、自衛隊からの情報を受け取れるだけでもいい。送信は出来なくても。応急的でいい、できればすぐに」

「すぐに要るのか？」

「たぶん」


わたしが下瀬技師と話す間。

志麻祐子は耳に携帯をあて、どこかと話していた。

〈ひゅうが〉艦上では、携帯が使えるらしい（確かに秘匿性さえ確保すれば、艦内での乗員同士の連絡に携帯電話ほど便利なものはない）。

はい、はいとうなずいている祐子に
「いいわ、行きましょう」

わたしは促した。

〈ひゅうが〉のＣＩＣへは、わたしも行きたい。情況が知りたいのだ。

「ＣＩＣへ連れていって」

「分かりました」

志麻祐子は、艦内のどこかへ連絡し、少女たちを降ろして収容する手はずを整えてくれたのか。

ついでにガク・チャウシンの動静についても、どこかへ調査を依頼したかも知れない。本当に生きていないのかどうか（生きているわけがないが）。

「音黒二尉」祐子は通話を切ると、言った。「便乗者の収容はさせます。それから黒伏が至急、ＴＶ会議で話をしたいそうです。案内します」

「ＴＶ会議？」

「そうです」


「あ、ジェリー」

志麻祐子に続いて艦橋の方へ行きかけ、わたしは大事なことを思い出した。

技師を振り返って、念を押した。

「あの中を見るのは構わないけれど、ハッチを閉めては駄目。機体に殺されるわ」

「……？」

「コマンドモジュールに乗った状態で、ハッチを閉めては駄目。〈侵入者排除装置〉に殺される。頭を黒焦げにされるわよ」


一分後。

アイランドと称される艦橋の一階に入ったわたしは、志麻祐子と共に艦内エレベーターに乗り込んだ。

扉が閉まる。

箱がゆっくり上昇を始めると、志麻祐子は腕組みをし、階数表示を見上げながら息をついた。

「――音黒二尉」

「ん」

「正直、あなたが生きているとは思いませんでした」

「そう」

わたしは、うなずく。

並んで立ったまま、階数表示が〈1〉から〈2〉へと変わっていくのを眺める。

殺すつもりだったんでしょ、わたしを。

あなたたちは最初から、遠隔操作でＦ35は自爆させるつもりだった。わたしもろとも。

そう返してやろうかとも思ったが。

やめておいた。向こうも——役人たちも役目だ。役目で動いている。大人の対応をすることにした。

「お陰さまで。運よく生き残れたわ」

「機体は、どうなったのかしら」

「……？」

「あの後、あなたの帰投予定時刻が大幅に過ぎて。あなたはもう生存していない、と組織で判断しました。それでF35に自爆コマンドを送ったのだけれど、衛星経由のデータリンクがうまく働かなかったらしくて。機体の爆破が確認出来なかったわ」

「……」

「あなたが生きている、ということは」

志麻祐子は、わたしが生きて、ここにこうしているということは、F35BJの機体が中国側に奪われたのではないか、機密が盗まれたのではないかと案じているらしかった。

「機体はどうなったのかしら」

「F35は自爆させたわ。心配しなくていい」

「そう？」

「わたしの手で完全に、機密は奪われないよう破壊した。信じてくれていいわ」

「そう」

チン

階数表示が〈5〉を指して、止まった。

扉が開く。

「ねぇ」

艦橋通路へ歩み出しながら、わたしは訊いた。

そういえば。

大事なことが、分かっていない。

あれから、どのくらい経った……？

わたしは雲南省の奥地での一連の戦闘の後、北京の博物館の奥まった一室へ運び込まれ、しばらく気を失っていた。

リンドベルの言葉では『三日間寝ていた』ということだが……。

「基本的なことを、訊いていい」

「はい?」

「あれから、何日経っているの」

「あれから?」

「わたしが、ここを発艦してから」

「あぁ」

志麻祐子は、通路に歩み出しながら白い指を折った。

「四日です。正確に言うと、三日と十八時間と少し」


四日……。

やはり、それだけ経っているのか。

あの夜、わたしは発艦したきり帰還せず──

祐子は、わたしのF35BJへ『自爆コマンドを送った』と言った。

でもジェリー下瀬の手によって、遠隔操作で自爆させるシステムは切られていた。

F35は、わたしが自分の携帯電話を使ってコマンドを送り、自爆させたのだ。人民解放軍の幹部の男に押し倒されかけながら、死ぬような思いをして……。

わたしが生還する見込みがなくなり、〈ひゅうが〉は、中国大陸南岸沖一五〇マイルの海面から離脱したのだろう。

そして――

「あなたが消息を絶った、翌朝のことです」

歩きながら、志麻祐子は続ける。

「突然、中国では北京の天安門広場周辺で人民解放軍による厳戒態勢が敷かれ、外国人がすべて退去させられました。いえ、外国人だけでなく、民間人は残らずすべて」

「そう」

今度は、わたしが息をつく。

そうだろうな……。

「わたしは、そこにいたわ」

「北京から飛んでこられたって、言われましたね」

「そうよ」

「それが本当であるなら、あなたの報告は貴重です。北京の様子がわからない。日本大使館からも情報が入ってきません。北京ではインターネットも完全にブロックされて――大使館は今、サイバー攻撃でもされたみたいに機能を果たしていません」

話すうちに、窓のない艦内通路をつき当たりまで進んだ。

防水扉がある。

ここか……。

確か、四日前の晩にも訪れた。〈ひゅうが〉の艦橋にあるＣＩＣの入口だ。

「黒伏は今、東京へ戻っています」

志麻祐子が、白い手で扉のハンドルを摑んだ。

「官邸の地下と、映像回線が繋がっています」

「官邸と？」

「総理官邸地下のオペレーション・ルームです。ＮＳＣの本部。ちょうど二十時間くらい前に、中国大陸沿岸一帯で『動き』が見られました。戦略班長として、黒伏は対応のために戻りました。あなたとは画面で話します」

言いながら、華奢な手が防水扉のハンドルを回す。

キッ

7

ざわざわざわ

窓の無い、暗がりへ足を踏み入れる。

（――）

また来てしまった……。

四日前の晩にも、わたしはここへ来た。

学校の教室くらいの大きさの空間。

ただし、暗い。

〈ひゅうが〉ＣＩＣ。コンバット・インフォメーションセンターという名の通り、情報を集約して意思決定し、作戦の指揮を執る場所だ。

夜も昼も、この空間には関係が無いようだ。壁面に設置された何面ものスクリーンが照明の代わりをしていた。

四周の壁のスクリーンを見上げるように、ディスプレー付きの管制卓が並ぶ。

大勢の要員が着席し、あるいは歩き回っている。

（――落ち着かない感じだな、四日前より）

空間の中央にだけ、低い天井から光が当たっている。

ダウンライトに照らされ、そこだけ浮き上がって見える。一群の男たちが作戦テーブルを囲んで立っている。

志麻祐子の白いスーツの背中に続き、わたしは中央のテーブルへ進んだ。

ざわざわとざわめくのは、交信の声か。

中央のテーブルを囲んでいるのは、半数がダークスーツ。もう半数が戦闘服姿だ。

この艦はまだ、ＮＳＣ――〈国家安全保障局〉の指揮下にあるわけか……。

情況を仕切っているのは内閣府の官僚たちだ（自衛隊は、政府から〈防衛出動〉が発令されない限り、主体的に行動することは出来ない）。

「……」


作戦テーブルへ近づきながら、ふと左手の壁の画面が目に入る。

二面ある。

片方は、一目で分かる。南西諸島を俯瞰《ふかん》した航空図だ。沖縄本島や宮古島を起点にして防空識別圏が扇状に描かれ、その中をたくさんの小さな緑の三角形が、散らされるように浮かんでいる。

目を引くのは、その中に赤いバツ印がいくつか――いや、一瞥しただけでも十数個だ。画面の上半分に、ぱんぱん、ぱんと判で押されたように並んでいることだ。

（あれは――まさか）

もう片方の画面は、海図だろうか。

尖閣諸島とおぼしき島々が拡大され、主にその北側の海面に、多くの舟の形をしたシンボルが散っている。舟のシンボルは、舳先が真下――南を向いた一群もあれば、対向するように上を向くものもある……。

あれは、尖閣周辺の艦船の位置か。

「リンク17の画面です」

わたしが壁の画面に意識を向けるのが分かったのか、斜め前から志麻祐子が小声で言った。

「でも、全部が出ていると思っては駄目。あくまで地上レーダーとＡＷＡＣＳ、哨戒機と潜水艦で探知出来た範囲の情況です」

「――」

あの赤いバツ印は何――？

そう聞こうと思っている間に、テーブルについてしまう。

「鷺洲主任」

テーブルを前にして立ち並ぶ男たちの中で、わたしから見て中心にいるのは見覚えある顔だ。

あの鷺洲という若い官僚――黒伏戦略班長の片腕のようだった男だ。

四日前と比べると、髪はぼさぼさになり、少しやつれた印象だが眼光だけは鋭くなっている。

志麻祐子が声をかける前に、左横から〈ひゅうが〉の作戦幹部らしき戦闘服姿が鷺洲を呼んだ。早口の声。

「主任、潜水艦〈そうりゅう〉から情報。やはり南下中の艦影は空母〈遼寧〉その他、十一。空母中核の機動艦隊です」

「!?」

「何」

「何っ」

作戦テーブルの男たちは、左手の壁の画面に一斉に目をやる。


「情報、来ます」

管制卓についた戦闘服のオペレーターが、キーボードを操作している。

壁の海図画面が、いったんズームバックして、やや広い範囲を映し出す。

すると画面の上端付近にパッ、パパッと赤い舟形の群れが現われる。

五つ――六つ、もっとか。隊列を組み、舳先はすべて真下を向いている。

「位置、出ました」

「針路は」

「南下中か?」

口々に男たちが言うのを、わたしはテーブルの後ろで見ていた。

「まさか」

「〈遼寧《りょうねい》〉が出てきたのか」

「艦載機で航空優勢を取るつもりか」

「本当に空母なのか？」

ダークスーツの一人が、疑問を呈するように言った。

「空母機動部隊で制空権を取りに来るということは、戦争になるってことだぞ」

「――」

「――」

テーブルの男たちが、息を呑む。

信じられん、とつぶやく者もいる。

「漁船だけではないのか。漁船の後から、すぐに空母機動艦隊が来ると？」

「本当か」

「本当に〈遼寧〉か――？」

「――」

ざわめきが、うろたえたような呼吸になる。

「〈遼寧〉だと思いますよ」

男たちが一瞬、沈黙をしたので、わたしは後ろから口をはさんだ。

「先ほど上空で、殲15二機と会敵、正当防衛で対処しました。考えてみれば、あれらは艦載機です。近くに空母がいる証拠です」

すると

「――?」

「――!?」

初めて男たちは、わたしと志麻祐子が入室してきたことに気づいたようだった。

驚いたような視線が、こちらへ向く。

不審な目をする者もいる（何しろわたしは、こんな格好だ）。

「おう」

中央の鷺洲が、わたしの姿に目を見開いた。

「音黒二尉――確かに音黒二尉だ、よく戻ってくれた」

「二尉は、〈フェアリ1〉を鹵獲して帰還されました」

横で、志麻祐子がつけ加える。

「確認しました。飛行甲板にあるのは本物です」

「――」

「――」


すると男たちは、もう一度わたしをじろじろと見る。

確かにチャイナドレスは場違いだが、恥ずかしいとか言っていられない。

「皆さん」

わたしは帰着した挨拶も省略し、壁の画面を指した。

「よろしいですか。今、空自のスクランブル編隊が次々にやられているようです。あの赤いバツ印は、そうなんでしょう。正当防衛では対処し切れません。情況は一刻を争います。政府からの〈防衛出動〉発令はまだですか」

「ちょっと待ってくれ」

鷺洲は、シャツの胸ポケットから携帯を取り出す。

「戦略班長と話してくれ。画面に出すから」

「黒伏班長と、ですか」

「そうだ。政府に〈防衛出動〉を発令させるのに、君の助けがいる」

出発前にここで会った時は、もっと丁寧な物言いだったのだが。

鷺洲という若い官僚は、ここの現場を黒伏に代わって任されたせいか、遠慮のない感じになっていた。

　鷺洲は携帯を耳に当て、どこかを呼び出す。

　そこへ
「後席に座っていた乗員は、どこですか」

　右横の方から、連絡担当のオペレーターだろうか、戦闘服の若い幹部が訊いてきた。

「Ｐ１哨戒機の撮影した画像には、〈フェアリ１〉の複座の後席に座る乗員がもう一名、映っていたようですが」

「医療班に頼んで、便乗者たちは全員降機させ、収容していますが」

　志摩裕子が応える。

「とりあえず、艦内の医務室へ入ってもらっている」

「東京の戦略班長からの追加の指示で、後席乗員も人定したいので呼ぶように、と」

「わかりました」

　志摩裕子は、自分の携帯を取り出す。

「ええと、後席にいた便乗者……」

「リンドベルという子よ」

　わたしは祐子に言う。

「言っておくけど。フランス語しか通じないから、そのつもりで」

話していると。

ＣＩＣの奥の壁のメインスクリーンが明るくなった。

画面に、白っぽい壁に囲われた空間が現われる。

どこだろう、ここと似た印象だが、明るい。官邸地下にあるオペレーション・ルームという場所が、ＴＶ会議システムを介して映し出されているのか。

音声が出る。

ざわざわとざわめいている。

向こうも騒がしい――そう思っていると、いきなり画面の右横から、男の顔がフレーム・インした。

（……⁉）

黒縁の眼鏡。ひげ面だ。

あの黒伏という男……。

間違いない。

「すまん、待たせた」

大写しになった黒伏は、かすれたような声だ。わたしの方を見るなり、言った。

「音黒二尉、ご苦労だった。よく戻ってくれた」

こちらの様子も、向こうには見えているのか。

総理官邸の地下――

永田町の官邸の地下に、ＣＩＣと似たような情報センター施設があるのか……。

画面にアップになった黒伏は続ける。

「先ほどの君からのメッセージは、私がじかに受けて確認した。ここは官邸の施設内だ。〈内閣情報収集センター〉は、すぐ隣にある。我々が管轄している」

「――はい」

わたしはうなずく。

「黒伏班長。先ほどは〈ひゅうが〉へ誘導していただき、ありがとうございます」

「うむ」

不精ひげを伸ばした黒伏はうなずく。

「確かに、君の乗る〈フェアリ1〉を、〈ひゅうが〉へ向け誘導するよう指示したのは私だ。そこならば秘匿性も高い、優秀な技術者もいる」

「はい」

「しかし残念ながら」

黒伏は唇をきゅっ、と結んだ。

「人型機動兵器の性能や特性を、じっくり調べる暇はなさそうだ」

「その通りです」

わたしはちら、と横の画面に目をやる。

シュエダゴンの群れは……？

レーダーに映っているのか？

「黒伏班長。今まさに、量産型守護騎の群れが魚釣島へ来襲し、上陸しようとしている。あなたの危惧した通りの情況です」

「量産型――『守護騎』？」

「いわゆる〈フェアリ〉は、守護騎と呼ぶのだそうです。あの黒い量産型はシュエダゴンと呼びます。ミルソーティア征服軍の機動兵器です。わたしたちの世界の技術で造られたものではありません」

「……」

「中国共産党は、今、ミルソーティアという異世界の勢力と結託しています。北京の天安門広場周辺に拠点を構築している。ミルソーティア側の首領は〈真貴族〉のクワラスラミ卿といって――」

言いかけて、口をつぐむ。

口で簡単に説明して、分かるような背景じゃない……。

「とにかく、あの人型が十機以上、やって来るわ。魚釣島の護りは、現在どうなっているのですか」

魚釣島は。

沖縄県に属する尖閣諸島の、四つある島のうち最大のものだ。

宮古島の北西約一〇〇マイル、東シナ海上に位置する。切り立った岩山を中央に頂く独特のシルエットは、マスコミの映像でもたびたび見かける。

かつては鰹節工場があったというが、現在は人は住んでいない。海岸から岩山へ連なる荒れ地と、野生化した山羊、それに海鳥たちのパラダイスだという。

通常は無人だ。

島の周囲十二マイルの領海と、その外側の接続水域については、海上保安庁の巡視船が二十四時間態勢で警備にあたっている。

また『外国の活動家がやってきて不法に上陸する』などという情報がもたらされると、海保のほかに警察も出動して対処する。あらかじめ警察官が島に上陸しておき、活動家がボートで上陸してくると、待ち構えて逮捕する。

この辺りの実情は、自衛隊幹部ならば誰でも知っていることだ。

「実は、二十時間ほど前のことだが」

黒伏は、疲れた表情で言った。

「中国大陸沿岸部で、漁船用の重油燃料の売価が突如、異常に高騰した。多数の漁民が、一斉に大量の燃料を買って、長期の航海へ出る準備を始めたらしい。値段が上がってもなお燃料が買い漁られるのは、無理やりにでも航海へ出れば、それ以上の利益が見込めるということに他ならない。つまり」

「……」

「安全に、生命を失う心配もなく尖閣諸島へ上陸できる見込みがついた。とにかく行って上陸すれば、多額の報酬が共産党から支払われる――情報か噂かわからないが、そういう話が広まって、海上民兵組織に属していない一般の漁民までもがこぞって船を出す準備を始めた。ＮＳＣではそのように分析した」

「二十時間、前？」

「そうだ」

黒伏はうなずく。

「私は急ぎ〈ひゅうが〉から東京へ戻り、官邸地下のオペレーション・ルームで、さらに情報を収集した。あらゆる角度から見て、一〇〇〇隻を超える漁船が中国沿岸部各地から尖閣諸島へ向け出港したのは確実と分かった。ただちに政府に対して〈内閣安全保障会議〉の招集を上申した」

「会議は、開かれたのですか」

「開かれた。拡大九大臣会合だ。自衛隊に対する〈防衛出動〉の発令の必要性について も、議論してもらった。しかし」

「しかし……？」

「一〇〇〇隻と言っても、相手は漁船だ。〈防衛出動〉は時期尚早だろう、という意見が大勢を占めた。特に国土交通大臣が自衛隊の出動には強硬に反対した。国交大臣は連立与党の立教信心党出身で、親中派だ。内閣は合議制だ。一人の閣僚が猛反対すると、厄介なことになる」

「……」

「とりあえず、対処方針は従来通りということになった」

「従来通り――って」

わたしは息を呑む。

まさか。

だが黒伏は続ける。

「政府の指示で、沖縄県警の機動隊二個中隊、一六〇名を海保の第十一管区巡視船〈くだか〉に乗せ、魚釣島へ急派した。海保の特殊警備隊も出動した。水面上での摘発は海保、陸上での検挙は県警が受け持つ割り振りだ」

「割り振り――って」

わたしは思わず声を荒げていた。

警察を、島へ行かせた……⁉

正気か。

「警察を行かせたんですか。シュエダゴンの――あの新疆ウイグル自治区の人型機動兵器の映像は見せなかったんですかっ」

「見せたさ」

黒伏は息をつく。

「閣僚たちには見せた。だが当の国交大臣が、映像を見て言った。『これがどうやって尖閣へやってくるというんだ。どうやって運ぶ。空でも飛ぶのか』」

「飛ぶわよ」

言い返した。

「飛んでいる動画だって、あったでしょう」

「それも見せようとしたんだが、総理の首席秘書官から止められた」

「止められた？」

「そうだ」

黒伏は唇を噛んだ。

「中国の奥地を、衛星から覗き見した画像なんて。国交大臣にあんなものを見せたら、どうなるか。中国に筒抜けになる。何をされるかわからない、もうすぐ参院選だ。選挙で立教信心党の協力が得られなかったら、現政権はもたない」

「……」

「だが、待ってくれ」

ひげ面の男は、畳みかけるように言った。

「君の〈フェアリ1〉が帰ってきた。映像も撮れた。この『証拠』は大きい。私はこれから再度、〈内閣安全保障会議〉の召集を上申しようと思う。君はそこに待機し、向こうで見聞きした事実を、TV会議システムを使って証言――あぁ、ちょっと待」

プツッ

「……?」

映像が切れた……?

どうしたんだ。

いきなりメインスクリーンが空白になった。

何も聞こえない。

「おい、どうした」

鷺洲が声を上げた。

「どうした、回線を調べろ」

「は」

「はっ」

通信担当のオペレーターたちが、管制卓へ向き直る。

映像通信が突然、途切れた。

東京の官邸の地下と〈ひゅうが〉を結ぶ通信回線に、不具合が生じたのか。

黒伏は、わたしに〈内閣安全保障会議〉で証言をしろ、という。TV会議に出ろという。政府に〈防衛出動〉を発令してもらうには、わたしの証言が要る――

だが
「妙ね」

わたしの横で、志麻祐子が腕組みをする。

「官邸とここの間は、リンク17と同等の軍用通信回線よ」

「……」

軍用通信回線……？

ただのTV会議システムではないのか。

眉をひそめると

「主任」

別の連絡幹部が、左横から叫んだ。

「海保から緊急の情報。海上保安本部からです。第十一管区〈くだか〉からの映像です」

「何」

「こちらの画面に出します――映像、来ます」

8

「映像、出ます」

右手の壁際で管制卓に向かう連絡幹部が、スクリーンを仰ぎながら告げた。

「巡視船〈くだか〉からです」

その声に、ＣＩＣの全員が右の壁のスクリーンを見やる。

「――」

「――」

（……？）

これは。

手持ちのカメラか……？

わたしは、明るくなった途端にぶれるスクリーンの映像に、眉をひそめた。

昼間の洋上の眺めだ。

何だ。これ――

「――!?」

次の瞬間、息を呑んだ。

ぶれる画面の下側には、白くペイントされた大型船の船首甲板。

青黒い海面の上――巡視船の、これは船橋《ブリッジ》の横の見張り台のようなところから撮られた映像か……？

ふいに、撮影者が何かに驚いたように、画面の景色が下向きに吹っ飛ぶ――つまりカメラ自体が上方へ向いた。

同時に陽が陰った。ほぼ真上から、巨大な黒い影が覆いかぶさるように降って来ると、激しく画面が揺れた。

見張用デッキの床面が大写しになり、下向きにされたカメラが再び上へ向いて頭上を映し出す。

巨大な人型のシルエットが、撮影者を睥睨していた。黒い頭部の中央には赤い単眼。カメラがその頭部をズームアップし、赤い目玉に焦点が合うのとが同時に、振り上げられた棍棒が降って来る——

画面が真っ暗になる。

「——」

「——」

「何だ、今のは」

鷺洲がつぶやいた。

「おい、今のは」

そこへ

「主任」

別の連絡幹部が振り向き、声を上げた。

「警察庁より。魚釣島の沖縄県警機動隊が、救助を求めています」

「何」

「本艦に対し『ただちに救援に向かえないか』と要請です」

「しかし、海保は——」

情報も集まって来るらしい。〈ひゅうが〉は現在、NSCが徴用しているので、自衛隊だけでなく各省庁からの

CICには、各省庁から内閣府へ寄せられる『緊急通報』などの情報が、そのまま入って来るのか。

「海保の巡視船が、魚釣島の近接水域にはたくさんいるはずだ」

「主任」

海保との連絡を担当する幹部が、また呼んだ。

「海上保安本部より。魚釣島水域の巡視船〈くだか〉は応答なし。同じく〈しきしま〉も応答なし。特殊警備隊を乗せたヘリからも応答なし。同水域へ急行中の巡視船〈みずき〉から報告。〈くだか〉と〈しきしま〉は巨大な物体に襲撃された。映像あり」

「だ、出せ」

「映像、出ます」

再び左手の壁のスクリーンが明るくなる。

また洋上だ。

揺れている。全体がピッチングしている――高速を誇る小型の巡視船が、波を蹴立

てて前進しているのか……？　さっきよりは小振りな船首甲板の向こうは、上下する海面だ。

ふいに視野全体が、左へ流れる。撮影者がびっくりしたように、カメラを右手方向へ振ったのだ。

大きな島の姿が映り込む。見覚えがある。切り立った岩山は魚釣島か。十マイルくらい離れている。

島の姿が視野の左側へ流れて消えてしまうと、また海ばかりになる——やはり十マイルばかり離れた海面に、船影がある。白い船体に、船首部分に青い三本の線。巡視船だ。

カメラがそこで止まる。

同時に、視野の上方からふいに黒い影が降って来ると、船首に青い三本線を入れた中型巡視船の前甲板へ『着地』した。人型のシルエットだ。

「——」

「——」

全員が、息を呑む。

黒い人型は、背に広げているコウモリのような翼を瞬間的に畳むと、右腕を振り上げ、自分の背中から棒のような物を引き抜く。

「……くそ」

わたしは、思わずつぶやいていた。

黒い人型は振り上げた棍棒を、何のためらいも見せず振り下ろす。

白い巡視船のブリッジ部分が一撃でひしゃげ、粉のような破片が飛び散る。この映像にも音は入っていない。黒い人型はまた棍棒を振り上げ、二撃、三撃。オレンジ色の火球が膨れ上がると、パッと背中に翼を広げて上方へ舞い上がる――

「あれは、やられたのは〈くだか〉か⁉」

鷺洲がつぶやく。

「この映像は、たった今のを別アングルから――うっ」

（……！）

わたしも目を見開く。

十マイルも離れた海面の巡視船を、文字通り叩き壊して爆砕した人型は、コウモリのような翼を広げて舞い上がると、宙で身を翻し、今度は撮影者の方向――カメラの方へ、まっすぐに迫って来る。

みるみる大きくなる。

カメラは驚いたように、頭上を仰ぐ。

真っ黒い人型が、たちまち頭上に覆いかぶさると、赤い目玉で睥睨しながら被さるように降りて来る——

「う」

「うわ」

見ている男たちが、のけぞるようにして声を上げた。

画面が、真っ暗になった。

そこへ
「主任」

通信担当のオペレーターが、頭につけたインカムを手で押さえながら報告した。

「駄目です、官邸との回線が回復しません」

「——な、何だと」

鷺洲は、うろたえたような声を出す。

「官邸との回線がか?」

「そうです。リンクが一切、遮断されています。音声も、データ通信も駄目です」

「原因は、こっちか。向こう側か?」

鷺洲は肩で息をするようにして、オペレーターを見やった。

「まずいぞ。〈防衛出動〉を発令してもらうのに、通信が要るんだ」

「おそらく官邸側です」

オペレーターは頭を振る。

「回線を、調べました。現在、官邸と市ケ谷の統幕の間、横須賀の自衛艦隊司令部との間、横田の空自ＣＣＰとの間、すべて音声とデータ通信ともに遮断された状態です」

「おい」

鷺洲は睨んだ。

「その通りです」

「総理官邸が、どことも通信出来ない状態だと言うのか⁉」

「サイバーテロ」

ぼそり、とわたしの横で志麻祐子がつぶやいた。

「官邸、やられたわ」

「……」

「海保より。巡視船〈みずき〉も応答なし」

連絡幹部も自分のインカムを手で押さえ、横から報告をした。

「魚釣島周辺の全巡視船、応答ありません」


やられた……。

巡視船が攻撃され、何隻も沈められた。

あの量産型の仕業だ。

この情況ならば。

今、永田町の官邸で〈内閣安全保障会議〉が開かれれば。〈防衛出動〉はたぶん発令される。親中派の閣僚が抵抗したって、その時は総理はその閣僚を罷免して、自分が代行することで閣議決定をするだろう。

しかし――


「陸自と連絡はつくか」

鷺洲は、別の連絡幹部に尋ねた。

「西部方面普通科連隊は、どうしている」

「は」

連絡幹部は自分の情報画面を見る。

「陸幕では、今回の情況に鑑み、現在独自に判断して〈訓練〉の名目で西部方面普通科連隊を佐世保駐屯地から佐賀空港まで展開、フル装備でオスプレイに搭乗させ、待機させています」

「出してもらえそうか」

「あくまで陸幕の判断ですが、このまま〈訓練〉の名目で魚釣島の近くまで飛んでいき、〈防衛出動〉が発令され次第突入、という手段なら可能でしょう」


「それは危険だ」

テーブルの反対側から、〈ひゅうが〉の作戦幹部が口を出した。

作戦幹部は「見てくれ」と、大型ディスプレーを兼ねる作戦テーブルに触れた。

「皆も、主任分析官も。これを見て下さい」

「――」

「――」

男たちが覗き込む。

テーブルに現われたのは、尖閣諸島周辺の海域図のようだ。

先ほども見た。

リンク17を介して表示される、魚釣島北方の海域の様子だ（自衛隊のデータリンク自体はまだ、妨害を受けていない。総理官邸だけがサイバーテロに遭っているのか)。

「潜水艦〈そうりゅう〉の捉えた、〈遼寧〉主軸の機動艦隊。現在、魚釣島の北方約三〇マイルに展開しているが」

作戦幹部は、赤い舟形の陣形の先頭を指す。

「この先鋒に突出している一隻。こいつは〈そうりゅう〉の識別によると、055型ミサイル巡洋艦。我々のイージス艦に相当する、中国の最新鋭ミサイル艦だ」

作戦幹部の指し示す画面に目をやろうとすると。

背中で気配がした。

柔らかい感じ。

(あの子か……?)

振り返ると、その通りだった。

「リンドベル」

医療班の女子隊員にエスコートされて、黒髪の少女が後ろに立っていた。

黒伏の求めで、後席乗員も呼ばれていた。志麻祐子が、ここへ連れてくるよう手配してくれたのだろう。

眼鏡は洗って拭いたのか、レンズがきれいになっている。

「ご苦労さま。みんなはどう」

「大丈夫です、姫様」

黒髪の少女はうなずき、護衛艦のＣＩＣの内部の様子を珍しそうに見回した。

「医務室に、ひとりひとりベッドをもらいました。よくして頂いています――」

よくしてもらっている――そう言いながらも少女は、議論し合う男たちをどこか怖そうに見た。

「怖いでしょ」

わたしは作戦テーブルを目で指す。

「取り込み中なのよ」

「え、いえ」

少女は小さく頭を振る。

「また、戦いになるのでしょうか？」

「そうね」

男たちの指さすテーブル。

赤い舟型の陣形を指し、作戦幹部が何か主張している。

議論になっている。

「いいか。このミサイル艦は、合計一一八発ものＳＡＭを搭載している。こいつがもう、魚釣島周辺をカバーする位置に来る」

「では」

「オスプレイなんかがのこのこ飛んで行ったら、的になるだけだ。自殺行為だ」

「そんな」

「どうするんだ」

「〈遼寧〉の殲15で、上空も押さえられてしまう」

「那覇のイーグルの残存勢力が行ったところで、〈対領空侵犯措置〉しか出来ないんじゃ――」

「やられに行くようなものだ。犬死にだ」

「どうする。空中からは、誰も島へ近づけないぞ」


（――）

わたしは、作戦テーブルで議論する男たちを見回した。

今、官邸がサイバーテロで電子的に封じ込められている。〈防衛出動〉は発令されない（発令されても届かない）。自衛隊は武力行使出来ない。

このままでは――

「――リンドベル」

「はい？」

「言ったわよね」

「？」

「みんなのことは、あなたが護る。これからもずっと」

「……」

少女は眼鏡越しに、わたしを見返した。

蒼い目が『何のつもりですか』と訊いて来る。

「ちょっと待ってて」

わたしは言うと、きびすを返して作戦テーブルへ歩み寄った。

わたしが行くしかない。

最初から、そのつもりだった。

「鷺洲主任」

割り込むように、強い調子で声をかけると。

鷺洲と、周囲の男たちが一瞬、言い合いを止めてこちらを見た。

ダークスーツの官僚に、戦闘服の自衛隊幹部たち。

「ちょっとよろしいかしら」

「――」

「――？」

テーブルの全員が、わたしを見た。

いきなり割り込んで来て、何を言うのか……？　という表情。

（声が、少し高飛車過ぎたか）

でも、このくらいの方が『お姫様』らしい――

「今の情況って、こうですよね」面々を見回し、わたしは続けた。「総理官邸がサイバーテロに遭ったらしい。電子的に封じ込められている。だからこの事態に至っても、〈防衛出動〉は発令されない。〈防衛出動〉が発令されなければ、自衛隊はただの災害救助隊だわ。敵を撃退するのに、何の役にも立ちはしない」

「――」

「――」

ムッ、とした視線が周囲から突き刺さるのを、わたしは受け止めた。

そうさ。

でも一番、今の情況にムッとしているのは。

(このわたしだ)

わたしは、自分の身を包むチャイナドレスの胸に手を当てた。

わたしは誰だ。

(そうだ)

わたしは、二等空尉・音黒聡子であって、ときどきそうではない……。

「でも」

面々を見回し、続けた。

「自衛隊は、確かに戦えません。日本は法治国家です。自衛官は任官する時、法を守って任務を果たすことを誓います。わたしもそうでした。自衛官だった頃は」

「……?」

「?」

「音黒二尉、どういう――」

鷺洲が訊き返すのを、わたしは人差し指を立て、制した。

振り返ると、少女に声をかけた。

「リンドベル」

「は、はい」

「ここにいる皆さんに、教えて差し上げなさい。わたしは誰」

「――え」

「教えて。わたしは誰？」

「――」

するとと少女は、うなずいてから口を開いた。

「はい。あなたはミルソーティア世界、南エクス・レ・ヴァン第十四位領主、オトワグロ子爵家第一公女アヌーク・ギメ・オトワグロ様です」

「うん」

わたしは、恥ずかしながら、自分のフルネームをその時初めて聞いたのだった。

そうか、正式にはそう言うのか。

「領主の第一息女として、わたしは征服府より『エクレールブルーの正統なる操縦者』と認められている。そうよね」

「その通りです、姫様」

「いいわ」

わたしは男たちに向き直る。

「鷺洲主任。みんなも聞いて。フランス語が分からない人には通訳してあげます。わたしはミルソーティア貴族、オトワグロ子爵家第一公女アヌーク・ギメ・オトワグロ。

そして征服府より認証を受けし守護騎エクレールブルーの正統なる操縦者」

「――」

「――」

あっけに取られるような視線が集まるが、構わずに続けた。

「そうです。自衛隊は、いま戦えません。でも、ここにいるミルソーティア貴族の騎士がみずからの信念と誇りに基づき、勝手に戦うと言っています」

「？」

「……？」

「このままでは海保の巡視船クルー、特殊警備隊員、沖縄県警の機動隊員、みんなシュエダゴンの梶棒に叩きつぶされて皆殺しだわ。公僕は、命令されればどこへでも行く。でも命令が馬鹿だと――」

唇を、噛み締めた。

「――間に合うかどうか分からないけど、わたしがエクレールブルーで島へ行きます」

「し、しかし」

「音黒二尉」

「二尉じゃありません」

わたしは鷺洲の前で、作戦テーブルをばん、と叩いた。

「アヌーク姫」

「……」

「……」

睨みつけると、鷺洲は一瞬、固まってしまう。

「いいこと」

わたしは若い官僚と、作戦テーブルの面々を見回して言った。

「音黒聡子は、自衛隊幹部として法に従います。でもアヌーク姫には、日本国憲法なんて関係ないわ」

「……し、しかし」

鷺洲は何か言いかけるが
「大変結構だ」

ふいに背後で、声がした。

聞き覚えのある声だ。

(……!?)

振り返ると。

ＣＩＣの入口に、戦闘服姿が立っている。

いつの間に、そこへ来ていたのか。ヘルメットの下は眉の濃い、見覚えある顔だ。

「話はここで、聞かせてもらったよ」

「艦長」

「艦長」

その人物が空間へ歩み入って来ると、ＣＩＣにいる全員が立ち上がり、向き直って敬礼をした。

ダークスーツの文官たちも一礼する。

「……島本艦長」

わたしも我に返り、向き直って敬礼するが

「おい、俺に敬礼はいい」

島本艦長は歩み寄って来ると、わたしの顔を覗き込んだ。

「よく帰ったな。だが君は今、ミルソーティアの姫様だろ。敬礼はいいよ」

「いいえ」

わたしは頭を振る。

「騎士として、敬礼しています」

「うん」

島本艦長は作戦テーブルへ歩み寄ると、卓上に表示された海域図を見やった。

「情況は、だいたい聞かせてもらった」

「――」

「――」

「我々は今、この島へ手を出せない。敵を撃退するどころか、さきに上陸した警察や海保の連中を助けたくても、武力が行使出来ないのでは死にに行くようなものだ」

「――」

「――」

「だが、この姫様が」

艦長は振り向いて、わたしを見た。

「義により、わが国に助太刀してくださるという。あの甲板の機体も異世界のものだ。自衛隊ではない」

ＣＩＣの全員の視線が集まる中。

艦長は、皆を見回して言った。

「異世界の騎士が、こうして自分の意思で、勝手に戦うと言ってくれている。我々は有り難く加勢されようじゃないか」

9

十分後。

「――」


わたしは一人、女子装具室にいた。

借り物だが、海上自衛隊仕様のフライトスーツを身につけ、かがんで飛行ブーツの紐を結んでいた。

あれから。

ＣＩＣでの議論。

島本艦長が、わたしの『出撃』を支持してくれてから。

すべては目まぐるしく進んだ。

〈ひゅうが〉は東シナ海から尖閣近海へ戻る途上にあったが、さらに速度を上げて魚釣島へまっすぐに進路を取った。

艦の動揺を感じながら、わたしは一人で身支度をした。この艦には女子のヘリ搭乗員が複数いるので、この小さな装具室も女子専用だ（いわゆる女子更衣室というやつだ）。

身支度の間、この室内にはわたし一人だった。

サイズ、少しきついかな……。

守護騎に再び搭乗するため、というか飛行任務へ出るためのフライトスーツや装具類は、志麻祐子が手配をして、ヘリの女子パイロットの持ち物を借り出してくれた。戦闘機用のGスーツは無いけれど、どのみちエクレールブルーにはGスーツを機能させる仕組みはついていない。ヘリ用でも十分だ。

息をつく。

（――しかしSAMが一一八発、か……）

CICで耳にした、人民解放軍のミサイル巡洋艦のスペックが頭をよぎった。

どうする……。

でも、行かなくては。

自衛隊は動けないのだ。

「わたしが行かなくて――」

そうつぶやきかけた時。

ニャア

「――？」

ふいに、鳴き声がした。

目をしばたたき、顔を上げると。

「え」

すぐ左横に、猫がいた。

あいつだ。

小さな黒猫。

いつから――というか、そういえば今までどこにいた……？

「あんた」

言いかけると。

黒猫はトトッ、ときびすを返して、室内の一方へ行く。

ロッカーの前、着替え用のカーテンの下だ。

「ちょっと」

待ちなさい。

わたしは立ち上がると、黄色いカーテンへ歩み寄ろうとした。

どこにいたのか。

情況に追われて、心配する余裕も無かったけれど――

「ノワール。あんた、どこに」


その時。

また何か、気配を感じた。

何だろう。

カーテンの陰に、誰かがいる。

白い素足が、カーテンの下にのぞいていた。

「誰」

声をかけると。

白い服が、カーテンの陰から歩み出た。

（……!?）


ほっそりした金髪の少女だった。

この子は……？

連れていた十一人の一人ではない――

直感で分かった。

この子は。

（……あの子だ）

あなたは誰。

そう訊きたかったが。

でもわたしは、なぜだか固まってしまう。

妙な気配《いい》を感じた。

ふわっ、と体重の無いような動きで、金髪の少女はわたしの前に――間合い三メートルほどで向き合って立った。

「音黒聡子さん」

少女は口を開いた。

この子は……。

前にも、この顔を見た。遠くからでも一度目にしたら忘れない。

どこか『兎《うさぎ》』を想わせる面差し。

「聡子さん。初めてお話をします」

「……」

「はじめまして」

見返すわたしに、少女は胸に右手をあて、軽く会釈した。
「わたくしは、ウルリカ・イル・アンヴァンシブル・ベアール。人間ではありません」

〈新・護樹騎士団物語Ⅳ『異界の飛行母船』につづく〉

巻頭イラスト・鈴木康士

本作品は文庫書下ろしです。

本作品はフィクションであり、実在の個人・団体などとは一切関係がありません。

文芸社文庫

邂逅螺旋の騎士　新・護樹騎士団物語Ⅲ

二〇一九年六月十五日　初版第一刷発行

著　者　夏見正隆
発行者　瓜谷綱延
発行所　株式会社　文芸社
〒一六〇－〇〇二二
東京都新宿区新宿一－一〇－一
電話　〇三－五三六九－三〇六〇（代表）
〇三－五三六九－二二九九（販売）
印刷所　図書印刷株式会社
装幀者　三村淳

ISBN978-4-286-20988-3